JN105358

奥までなぐさめて

妻の母は未亡人

鷹羽 真

フランス書院文庫

奥までなぐさめて

妻の母は未亡人

●もくじ

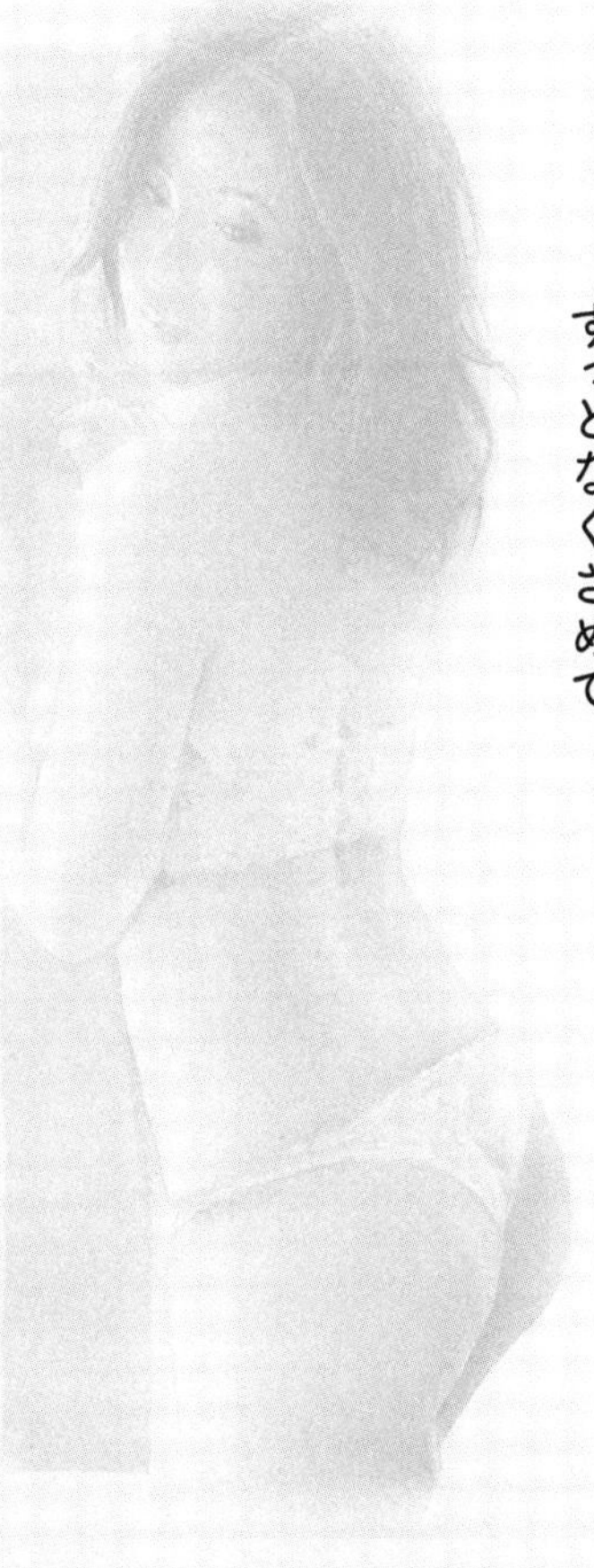

奥までたぐりきめて

憂の母は未亡人

第一章　私を狂わせないで

妻の母は敏感未亡人

いまだ残暑の厳しさが身に染みる、九月前半の週末土曜日。

長尾洋司は妻の絵美と共に、義父の三回忌に義実家へと訪れていた。

滞りなく法事が終わった安堵感に浸りつつ、洋司は亡き夫の位牌へ手を合わせる義母、三上園美の喪服姿をチラチラと後方から盗み見る。

今年四十三歳となる園美は、二十七歳の洋司からすれば一回り以上も年上だ。

だが、とても嫁いだ娘を持つとは思えぬ若々しい美貌を誇り、なおかつ年相応のしっとりとした色香をもまとっている。

元々年上趣味の洋司からすると、なんとも魅惑的な美熟女だった。

背中まで届く長く艶やかな黒髪を後頭部でまとめることにより露わになった、

悩ましいうなじのライン。

透き通るような雪白の肌に、喪服から覗く首筋にポツンと存在する小さなほくろがアクセントとなり、艶めかしさを際立たせる。

喪服の上からでもはっきりとわかる、熟れた肉体のふくよかさもまた、たまらない。

腰回りにキュッと帯を締めたことで、より強調された、楚々とした喪服の胸元を豊かに押しあげるたわわな乳房。

黒の着物になだらかなカーブを描く熟した桃のごとき安産型の肉尻も、牡の欲望を煽りたてて思わず口内に唾液が溢れる。

（本当に綺麗だよな、お義母さん。上品で、四十代とは思えないくらい若々しい。二十四にもなる娘がいるなんて、いまだに信じられないくらいだ……）

あおっていた日本酒が回ってきたのか、決して妻の母に向けてはならないはずの淫らな妄想が止まらない。

酒に弱い妻の絵美は、すでに二階へとあがり、かつての自室で就寝中だ。

憧れの義母と二人きりという状況に胸が高鳴り、洋司はお猪口に残った酒をグッとあおる。

カァッと胸が燃え、園美の肢体に絡みつく視線にますます熱がこもった。

(しかも、こんなに清楚なお義母さんが、ベリーダンスなんて趣味を始めたっていうんだから驚いたよな。セクシーなドレスを着て白い肌を晒し、ムチムチの身体を揺らしてステージで踊る姿……。想像するだけで興奮しちまうよ)

再び手酌で酒を注いだ洋司は、視線を棚の上に飾られた写真立てに向ける。

以前に義実家を訪問した際には、なかったものだ。

写真には、はにかんだ笑みを浮かべた園美がなんとも扇情的なベリーダンス衣装をまとった姿で、スタイル抜群の美女と共に並んで写っていた。

いくつもの眩いスパンコールがちりばめられたブラジャー同然と言ってよい大胆な露出度の、真紅の極小トップス。

園美のたわわな胸を申し訳程度に覆い隠しているだけで、深い谷間も形のよい丸い臍も、ぽてっとした抱き心地のよさそうな腰つきも丸見えだ。

下半身は赤のロングスカートで隠れているものの、いくつもの襞を刻む布地は極薄で、ムッチリとした下半身が透けて見える様が艶めかしい。

スカートは腰まで大きなスリットが切れこんでおり、柔らかそうな太腿が牡を誘うが如く布地からはみだし、露わになっていた。

しばしの間、義母の清楚な喪服姿と普段の印象とはあまりにかけ離れた写真の妖艶なドレス姿を、ニヤニヤと卑猥な笑みを浮かべて交互に眺める。

酔いで理性のタガが緩みつつあるのか、美熟女の秘める二面性を前に昂りを抑えられない。

洋司は自分のために肌を晒して淫靡に踊る義母の姿を妄想し、股間を大きく膨らませる。

ちなみに園美の隣に写る青いドレスに身を包んだ美女は、彼女の妹である由利だ。

園美とは八つほど年が離れた三十五歳だが、高校を卒業してすぐに結婚した義母とは違い、いまだ独身。

ムッチリとした体型と柔和な美貌からおっとりとした印象を受ける姉とは真逆の、キリッとした目元が印象的なスラリとした健康美人である。

肩まで伸ばした明るい茶色の髪と程よく焼けた小麦色の肌が眩しい由利は、ダンス教室の講師をしている。

ダンスで磨きあげられたしなやかな体躯と見事に大きくくびれた腰つきは、男の目を否応なしに惹きつける。

ツンと前方に突き出た美乳と鍛えられてキュッとあがったヒップラインも、なんとも牡の劣情を駆りたてる、抜群のスタイルを誇っていた。

園美にベリーダンスという新たな趣味を勧めたのも、由利らしい。

清楚な義母の新たな一面を垣間見るきっかけを作ってくれた叔母に、心のなかで感謝する。

つい三十分ほど前までは由利も義実家に訪れていたが、すでに帰宅している。

洋司はふと、園美と由利が別れ際に交わしていた会話を思いだす。


亡き義父の思い出話に花を咲かせた妻と義母、叔母との食事会。

義父とは面識のない洋司も酒の肴にと楽しげに耳を傾けていたが、妻の絵美があくびを漏らし眠そうに目を擦りだしたため、程なくしてお開きとなった。

「絵美ちゃんも寝ちゃったし、私も帰るわね。姉さん、今日はおつかれさま」

「あら、帰っちゃうの？　ゆっくりしていけばいいのに……」

名残惜しそうに呟く園美だが、由利はチラリと洋司に視線を向け、小さく首を横に振る。

「ううん。私がいつまでも残っていたんじゃ、洋司くんも肩の力が抜けないでしょうし。今日は車の運転や義兄さんのお墓の掃除と、たくさん働いてもらったものね。ありがとう洋司くん、姉さんを支えてくれて」

叔母に礼を言われ、洋司は照れくさそうに頭を掻く。

「いえ、大したことじゃないですよ。俺のことは気にせずに、由利さんももっとのんびりしていけばいいじゃないですか」

三上家には一人娘の絵美しか子供がおらず、義父が亡くなった今、男手は自分だけだ。当然のことをしたまでと、洋司は謙遜する。

「ふふ、ありがとう。でもいいの。姉さん、世話好きだから、お客がいるといつまでも気が休まらないし。私が帰ったら、肩でも揉んでねぎらってあげてちょうだい」

由利としてはなにげない会話だったろう。

しかし洋司には「ねぎらう」「肩を揉む」という単語が、肉体的接触を許可する妙に艶っぽい響きを含んで聞こえた。

由利が帰宅し義母と二人きりになっても、淑やかな園美の喪服姿を眺める洋司の耳には、叔母の言葉が熱を持っていつまでも耳にこびりついていた……。

しばし正座し目を閉じて義父の位牌に手を合わせていた園美は、ゆっくりと目を開き、クルリとこちらへ向き直る。

「……ふう。お待たせしてごめんなさいね、洋司さん。今日は、ありがとうございました」

園美は義理の息子へ向かい、畳へ三つ指をつき、深々と丁寧に頭を下げる。

洋司も慌てて居住まいをただし、ペコリと頭を下げ返す。

「いえ、そんな。息子として、当たり前のことですよ。お義母さんこそ、今日はおつかれさまでした。ささ、こっちで肩の力を抜いて、ゆっくりしてください」

先ほどまであらぬ妄想に耽っていたのを気取られまいと、ぎこちなく取り繕い、隣の座布団を勧める。

温和な性格の義母は不埒な視線にまるで気づきもしない。

娘婿に疑いの視線を向けることなく、朗らかな笑みを浮かべて洋司の隣へしずしずと腰を下ろした。

ふわりと漂う、熟れた女の醸す芳醇な薫り。

洋司は鼻をヒクつかせ、うっとりと義母の色香に酔いしれる。

甘やかされて育ったせいか幼さの残る妻には出せない、年を重ねたことで滲み出る牝のかぐわしさ。

思わず傍らの美熟女を抱きしめそうになる衝動を必死で抑えこんでいると、義母は徳利に両手を添え、穏やかに微笑む。

「うふふ。本当にやさしいのね、洋司さんは。こんな素敵な旦那さんを見つけて、あの子は幸せ者だわ。さあ、おひとつどうぞ」

もし義母が小料理屋の女将だったら、通い詰めてしまうだろうな……。

妄想に耽りだらしなくにやけ、洋司は空になったお猪口を差しだす。

義母の手からこぼさぬよう丁寧に注がれた日本酒は、先ほどよりもひときわ澄んで見える。

キュッと一気にあおると、手酌で味わうのとは比べ物にならない旨味が口いっぱいに広がった。

「あら、よい呑みっぷり。男らしいわ」

園美は両手を合わせ、頼もしげに洋司を見上げる。

酔いのせいか、義母の一挙一動が自分を誘っているのではないかと思えてならない。洋司は沸々と膨れあがる劣情を抑えこむのに必死だった。

さりげなく義母の手のひらに右手を重ねてすべらかな感触をこっそり味わい、

今度は洋司が徳利を手にする。

「ありがとうございます。それじゃ、お義母さんも」

「私はいいわ。アルコールは弱いのよ。すぐに赤くなって、身体に力が入らなくなってしまうの」

はにかんで遠慮する園美だが、むしろ洋司の興奮を煽る。

雪白の肌がほんのりと色づく様を、この目で見てみたい。

こみあげる期待感が止まらず、洋司は半ば強引に、園美の前へ置かれたお猪口に日本酒をトクトクと注いでゆく。

「いいじゃないですか。今夜はもう、眠るだけなんですから。どうか俺にも、お義母さんをねぎらわせてくださいよ。本当に、今日はおつかれさまでした」

すでに注がれてしまった日本酒と、義理の息子によるねぎらいの言葉。

こうまでされては、遠慮を続ける方がかえって無粋というもの。

園美は小さく息を吐くと、そっとお猪口を持ちあげ、赤く色づく肉感的な唇へ静かに運んでゆく。

「そ、そう？　はしたない姿を見せてしまっても、呆れないでちょうだいね。

……んくっ、んくっ……。ふうぅ……美味しいわ。お酒をいただくのなんて、どのくらいぶりかしら……」

ほうっと悩ましい吐息を漏らした園美の頬に、早くもパァッと朱が差す。

うなじや耳、首筋から肢体へ、まるで梅の開花のように紅が広がる。

ムンと匂いたつほど芳醇に立ち昇った色香に、洋司は思わずゴクリと生唾を呑む。

押し倒してしまいたい衝動に駆られたが、すんでのところで劣情をとどめた。

それでも完全には己を律しきれず、こっそりと義母の腰へと右手を回す。

しかし園美は、早くも酔いで脳がふやけたか義理の息子の逞しい腕の感触にも気づかず、トロンとした目つきでお猪口を見つめるだけ。

揺らめく水面には、朱に染まった女の顔がぼんやりと浮かんでいた。

「お義母さん、いけるじゃないですか。ささ、もっと呑みましょうよ」

「あん、もう。嫁の母親を酔わせて、どうするつもり？　私のだらしない姿を見て、笑いものにする気ね。意地悪なんだから……うふふっ」

たしなめつつも、口調はどこか楽しげだ。

三回忌の法事も終わり、ようやく肩の荷も下りたのだろう。

亡き夫への義理を果たし終えた貞淑な未亡人は、今夜だけ一人の女へと戻る。

娘婿とはいえ一回り以上も年下の若い男のお酌を受けて、酔いにゆるりと身を任せた。

「笑ったりなんかしませんよ。こうして女性と酒を呑むのが、久しぶりで楽しいんです。あの通り、絵美はすぐにつぶれてしまうし」

洋司は天井を指差し、苦笑する。妻は夫が義母と戯れているとも知らず、無邪気な寝息を立てていることだろう。

「ごめんなさいね。一人娘なせいか、甘えん坊に育ってしまって。あの子、もう結婚したというのに、いつまでも子供っぽさが抜けないみたいね。だから、その……赤ちゃんも、まだなのでしょう？」

ほんのりと色づいた頬をさらにパァッと朱で染め、園美は恥ずかしげに視線を落としたままポツリと呟く。

義母としては当然、孫の誕生への見通しについて問う権利がある。

しかし洋司には、子作りについて尋ねる園美の声音は、たまらなく淫靡に聞こえた。

「……すみません。あいつ、夜の方は積極的じゃなくて……。まだ二十四ですからね。大学の同級生たちが社会人になりたてで遊んでいるのを見れば、羨ましくなるのも無理はないかなって。今は、その気になるまで待つつもりですよ」

笑みを浮かべて答える洋司の言葉に、嘘はなかった。

穏やかな母を見て育ったため、自身も結婚生活に憧れがあったのだろう。

結婚願望が強かった絵美は、どこがそれほど気に入ったのかはわからないが、大学への入学早々に先輩であった三学年上の洋司へ猛アタックを掛けてきた。

洋司も人懐っこい絵美を憎からず思っていたものの、元来は年上趣味なだけに、正直に言えば恋愛対象ではなかった。

だがある日、ひどく落ちこんだ様子の絵美に声を掛けると、事故で父親を亡くしたという。

肩を落とす彼女が見ていられず慰めるうちに親密になり、家へと送り迎えするようになる。やがては母親、つまりは園美を紹介される間柄にまでなっていた。

出会った頃の園美は、夫を亡くしたばかりでひどくやつれて美貌も翳っており、絵美以上に見ていられなかった。

洋司が絵美の求婚を受け入れたのも、義母となる園美を安心させてやりたいという想いも少なからずあったのだ。

子作りが上手くいっていない状況に自嘲気味な笑みを浮かべる洋司の手へ、園美は申し訳なさそうな顔で、そっと手のひらを重ねてくる。

「本当に、ごめんなさい……。あなたも、まだ若いものね。もっと遊んでいたかったでしょうに……。あの子のためを想って、一緒になってくれたのよね。洋司さんには、とても感謝しているの。わたしにできることがあったら、なんでも言ってちょうだいね」

伝わってくる、慈愛に満ちた美熟女の温もり。

困ったことに、義理の親子となりこっそり見続けていてわかったのだが、園美はこういった無警戒な触れ合いを意図せずに行っているようなのだ。

『なら、妻とじゃ発散できない俺のムラムラを、責任を取ってお義母さんがスッキリさせてくださいよ』

喉まで出かかった欲望まみれの言葉を、洋司は寸前でゴクリと呑みこみ、押しとどめる。

園美は洋司にとって、理想の美熟女だ。

こうして義理の息子と頼られるまでになった関係を、一時の欲望で修復不可能にまで壊してしまうわけにはいかない。

大きく息を吐くと、名残惜しくも義母の手の下から己の手をスッと引き抜く。

そして園美の背後へ回り、淑やかに喪服を着込んだなだらかな両肩へポンと手を置いた。

「ありがとうございます。それじゃ、母親孝行でもさせてもらおうかな。肩を揉ませてくださいね。へへっ、こってますね～」

冗談めかして、喪服越しに憧れの義母の肢体へ触れる。コリを感じる熟れた肉体にじっくりと力を込め、グッ、グッと揉みほぐしてゆく。

洋司は早くに母を亡くし、父に男手ひとつで育てられてきた。

それゆえ、年上の女への執着が強く育まれたのかもしれない。

園美も洋司に母がいないことを知っているため、まさか不埒な欲望が潜むとは想像もせず、戯れの親孝行へ心地よさげに目を閉じて身を任せる。

「アァッ、きもちいいわぁ……。洋司さんの手、大きくて逞しいのね。力強くて……ンンッ……奥までほぐされているのが、よくわかるわ。身体がゆるんで、溶けてゆくみたい……んふあぁっ……」

悩ましい吐息を漏らし、園美は心地よさに熟れた肉体をもじつかせる。

揺れる豊満尻がスリッ、スリッと洋司の膨らんだ股間に擦れているのにも、気づいていないようだ。

やはり、このおっとりした美熟女は、あまりに無防備すぎる。

これまでは亡くなった夫へ貞淑さゆえに操を立てていたが、三回忌という区切りを迎えたことで心に隙が生まれれば、園美を狙う輩も出てくるのではないか。

沸々と湧きあがる興奮と不安。

洋司は園美により密着して力強く熟れ肉を揉みほぐしつつ、肩から二の腕へと両手をさりげなく滑らせる。

年を重ねて張りが翳っただらしなくも悩ましい柔肉の感触を、ムニッムニッと喪服の上から揉みこんでじっくり手のひらで味わう。

鼻にかかった吐息を漏らし、ほんのりと美肌を紅潮させる義母。

せっかくの二人きりの機会だ。今夜は誰の邪魔も入らない。

棚に飾られた写真立てに再び目をやった洋司は、園美の耳元へ口を寄せて興奮の熱い息を吹きかけ、ぼそっと囁く。

「そういえば、あの写真のドレス姿、とても似合っていますよ。大胆で……たまらなく、セクシーだ。でも、清楚なイメージのお義母さんがベリーダンスを始めるだなんて、正直驚いたな」

「アンッ。くすぐったいわ。顔が近いわよ、洋司さんったら。……そうね。わたしも柄じゃないとは思っていたのよ。けど、夫を亡くしたからっていつまでも引きこもっていても不健康よって、由利に強引に勧められて……。あの子なりに、気を遣ってくれているのよね。感謝しているの」

園美は視線を落とし、妹の想いを噛みしめ、ポツリと呟く。

無意識だろうが、園美の右手は二の腕に触れる洋司の手にそっと重なり、寂しさをまぎらわせるかのようにキュッと握りしめてきた。

園美の手を、今度はギュッとしっかり握り返す。

まとめた黒髪から覗くうなじへ、洋司は甘えた振りを装い、頬を擦りつける。

園美はンッンッと吐息を漏らしてフルフルと身じろぎするも、じゃれつく義理の息子を叱りはしない。

たわわな胸が示す通りの包容力で、優しく受け止める。

「お世辞が上手いのね、洋司さんは。いい年をして、あんなに肌を出して……はしたないと思っているんでしょ。わたしも、恥ずかしいのよ。由利と違って、お肉がついているし……。でも、少しずつ引き締めているところなんですからね」

少女のようにぷくっと頬を膨らませた園美は、おどけた調子で胸を張る。

酔いのせいか、義理の息子相手に随分と口が軽くなっている。

「痩せたりなんか、しなくていいですよ。お義母さん……園美さんは、今のままが一番、魅力的なんですから。このムチムチの身体……男として、たまらないですよ。ダンス教室でも、皆の視線を集めているんじゃないですか……？」

初めて義母を名前で呼んだ洋司は、美熟女のうなじから醸すかぐわしい牝臭にうっとりと酔いしれ、熱を込めて耳元で囁く。

二の腕を撫でていた左手が、ゆっくりと下り、脇腹を伝う。帯に締められたぷにぷにと柔らかな腹部へたどり着き、布地の上から淫猥な手つきで撫で回す。

「アァンッ。ど、どうしたの、洋司さん。あんまりからかわないでちょうだい。それに、こんなおばさんのだらしない身体なんて、誰も見ていないわよ……」

園美はまるで己の魅力を自覚していない様子だ。

もしこの先、男たちの視線を意識しはじめたら、淑やかな未亡人はどう変化してゆくのだろう。

近いうちに、新しい義父を紹介される、なんてことになったら……。

言いようのない焦燥感に駆られた洋司は、自分を抑えられなくなる。

吐息で義母の耳たぶをくすぐっていた口は、園美の内に秘めた悩ましさの象徴のごときうなじのほくろへ、ムチュリと吸いついた。

「ひゃんっ？　よ、洋司さん、なにをっ。アッアッ、首筋を、吸わないでちょうだい。いったいどうしてしまったの、んふぅんっ……」

鋭敏なうなじを襲う想定外の熱い刺激に、園美は驚きの悲鳴をあげる。一線を越えた娘婿のスキンシップにも、すっかり動転して身体が硬直し、拒絶できない。

義母が抗わぬのをよいことに、洋司はジュパッ、ジュパッと執拗にうなじへ吸引を繰り返す。

ぬめる唾液を塗りつけ、いくつもキスマークを刻み、今は誰の物でもなくなった熟れた肉体へ新たな所有者の証をつけてゆく。

「だらしなくなんてない。最高に悩ましい、肉感的なボディですよ。なのに、誰も魅力に気づいていないんだな……。なら、俺だけに味わわせてください」

唾液を塗されテラテラと卑猥に濡れ光るうなじへ、洋司はさらにカジ、カジッと甘噛みを繰り返す。歯形が刻まれ、雪白だった肌が一気に紅へ芽吹く。

なんとか娘婿の腕から抜けだそうともがく園美だが、ベロベロとほくろごとうなじを舐めあげられるたび、味わったことのない感覚がぞわぞわと湧きあがる。

結婚して以来、穏やかで波立たぬ人生を暮らしてきた淑女は、滾る牡の劣情をぶつけられて怯んでしまう。

酔いのせいもあってか、腰の奥がジーンと痺れ、身体の自由が利かない。

すでに女としての人生は終わったと思いこんでいた自分に突如訪れた、娘婿からの禁断のアプローチ。思考は千々に乱れ、どうしてよいかわからない。

「ひぃんっ。や、やめてぇっ。洋司さん、酔いすぎよ。いやらしいイタズラ、ハァンッ、しないでちょうだい。わたしは絵美の、ンアァッ、あなたの妻の母親なのよ。おかしな冗談を言わないで」

「冗談なんかじゃない。俺は本気ですよ。園美さんが悪いんだ……。俺の知らないところで、あんな露出の多いセクシーなドレスを着ていたなんて。ボリュームたっぷりの乳や尻を揺らして踊る姿を、他の男たちに見せつけたんですか？」

洋司は悔しげに呟き、喪服の上から左手でたわわな乳房をグニュッと力強く揉みしだく。右手は尻たぶへと伸び、豊満な尻肉をグニッグニッと揉みたくる。

「んふあぁっ？　も、揉まないでぇ。アッアッ、だめっ、だめよぉっ」

久方ぶりに柔肉を揉みしだかれ、ジーンと身体の芯から疼きが湧きあがる。

男の愛撫など二十年近くも味わっていないが、記憶におぼろげに残る夫の優しい手つきとはまるで違う。

洋司に力強くまさぐられると、年を重ねて熟れた女肉が狂おしく燃えあがる。姿勢を正していられなくなり、園美は洋司の広い胸に背をあずけ、ヒクッヒクッと豊満な肢体を震わせて身悶える。

それでも懸命に身じろぎを繰り返してなんとか抜けだそうとする憐れな義母を、洋司は背後から満足げな目で見やる。

腰砕けになった美熟女未亡人へ溜めこんできた劣情をぶつけ、両手で熟れ肉の感触を堪能し、舌でしっとりした柔肌を存分に味わう。

「触れるたびにピクピク震えて……。敏感ですね、園美さんの身体は。お義父さん……旦那さんが亡くなって、欲求不満なんですか？　だから、肌を丸出しのセクシーなドレスを着て、ベリーダンスなんていうやらしい腰振りダンスで新しいパートナーを探しはじめたのかな？」

卑猥なからかいに、園美はビクッと肩を震わせる。

洋司の無神経な言葉は、園美の大切な物を傷つけた。

はじめは恥じらっていたものの今では魅了されつつある、心も身体も熱くしてすべてを忘れさせてくれるベリーダンスへの侮辱。

これまで人に手などあげたことのない園美だが、憤りに突き動かされ、背後を振り返り右手を振りかぶる。

「い、いい加減になさいっ！」

戯れのすぎる義理の息子を厳しく叱責し、折檻の平手が頬へと伸びる。

だが、洋司はすべてを見透かしていたか、園美の手首をあっさりと摑む。

動揺する園美をグイッと抱き寄せ、ブチュリと強引に義母の唇を塞いだ。

「んむぅっ⁉ な、なにをするのっ。キ、キスだなんて……わたしはあの子の、母親なのに……むぷあぁっ」

「いい加減にするのは園美さんの方だ。こんな魅力的な未亡人が、大胆な格好でセクシーに踊るのが趣味だなんて知ったら、男なら誰だってたまらなくなりますよ。ああ、もう我慢できないっ。俺をその気にさせた責任、取ってくださいい」

ブチュッ、ブチュッと激しく吸引を繰り返し、他の誰でもない、自分の物だと主張するかのごとく、洋司は熱烈な接吻を執拗に園美へ施す。

両腕にはますます力が込められ、夫を亡くし頼る者のなくなった未亡人の肢体をギュウッときつく抱きすくめる。

「んむあぁっ。よ、洋司さん。落ち着いてちょうだ、むふうぅんっ」

自分の怒りを遥かに上回る強い感情をぶつけられて、園美はすっかり怯み、勢いに呑まれてしまう。

間近で見る洋司の目は、本気だった。

いい年をしてベリーダンスを始めた義母を嘲っているわけでは、決してない。ねじれた情愛で胸を焦がし瞳をギラギラと燃えあがらせ、密かに想いつづけていた義母のぽってりと肉厚の唇を熱く強く貪る。

（あぁっ、娘の旦那さんと、キスをしているだなんて……。洋司さん、本気なの？　あの子を裏切って、わたしと……。ンアァ……唇が、ヌルヌルに汚されてる……。頭のなかも、ぐちゃぐちゃで……なにも、考えられないぃ……）

結婚式の日、娘を一生守ると誓いを立てた、娘婿の真摯な唇。

娘と一緒になってからも、大切に扱ってくれているのを間近で見てきた。

夫を亡くした今ではただ一人信頼できる男性の唇が、自分を貪っている……。

理解が追いつかず、脳が思考を放棄する。

園美はダラリと身体を弛緩させ、逞しい腕に抱かれ、されるがままとなる。

抗わぬのをよいことに、洋司はますます劣情を燃えあがらせ、溜めこんでいた想いをぶつける。

肉感的な唇をジュパジュパと卑猥な音を立ててしゃぶりたて、さらにぽってりと悩ましく腫れあがらせる。

執拗な吸引に晒されうっすらと開いた唇の隙間に、唾液でねとついた舌をヌプリと差しこみ、ネチャネチャと卑猥に舐め回してゆく。

「ひゅむあぁっ⁉　く、くひのなかまで舐めるだなんてぇっ。だめよ、こんないやらしすぎるキス、だめぇっ。ひむむ〜っ！」

舌接吻に驚きで目を見開いた園美は、キュッと洋司の両肩にしがみつく。ぬめるおぞましくも熱い感触にギュッと両目を閉じ、グッと歯を食いしばってさらなる侵入を阻止する。

洋司は義母の儚い抵抗すらもニヤニヤと笑みを浮かべて愉しみ、ネロッ、ネロッと形よい白い歯を一本ずつ丁寧に舌で舐めあげる。

未亡人の口内をじっくりと侵食し、清楚な心を淫らに溶かしてゆく。

「口を開けてください、園美さん。絵美は恥ずかしがって、こういうキスはさせてくれないんです。なんでもしてくれるって、言ってましたよね？　あいつの代わりにドロッドロのベロチュー、俺に味わわせてくださいよ……」

ベチョベチョと我が物顔で唾液を塗りつけ卑猥に囁く洋司に、園美は困った表情を浮かべ、フルフルと弱々しく首を横に振る。

「んむっ、ふむむぅっ。べ、ベロ……だなんて、いやらしいこと言わないで。なんでもするって、そういう意味じゃ……ひぃぃっ？　歯を、舐めないでぇっ。だ、唾液を塗りつけるなんて。けがらわしい、んひぃっ。むひぃぃっ……」

理性をかき集めて必死に食いしばった歯を、ネチョネチョと侵食する汚辱感。淡白だった夫との、新婚時代に交わした愛情を示す軽い接吻とはまるで異なる、牝を牡が貪る情熱的な接吻。

園美は切れ切れに情けない悲鳴を漏らし、ビクッ、ビクッと肩を震わせる。舌凌辱を必死に耐える園美だったが、深く唇を塞がれ、息が続かなくなる。とうとうプハッと大きく息を吐きだすと、隙を見せたが最後、洋司の舌がニュルニュルと口内に侵入する。

息を止めているあいだに溜まった美熟女の甘ったるい唾液をジュルジュルと美味そうに啜る。おののき縮こまった園美の震える舌に、ネチャネチャと自らの舌を蛇のように絡みつかせる。

「ようやく受け入れてくれましたね。甘いですよ、園美さんの口のなか……。柔らかな舌もグニグニと弾力があって、絡ませているとたまらなく気持ちいい……。年上妻とじゃできない大人のキスってやつを、たっぷり俺に教えてくださいよ。年上でしょう」

「んぷんぷぅっ。ひょ、ひょんなこと、言われても……。夫とだって、こんないやらしいキス、したことない……むひゅひゅぅーっ⁉ ひたっ、ジュルジュル吸いあげないでっ。アッアッ、べチョベチョなめまわさないでぇ、むぷぷぅっ～」

卑猥な接吻など未経験だと告げると、洋司は落胆するどころかますます興奮を昂らせ、園美の舌を熱烈にむしゃぶりたてる。

ジュパジュパと執拗に吸いたてられてジンジンと熱い疼きが収まらない赤い舌に、ベチャベチャと何度も打ちつけられるぬめった肉の感触。

四十年以上生きてきて味わったことのない狂おしい感覚を、一回り以上も年下のしかも娘婿に叩きこまれ、園美は瞳をクルンと上向かせビクッビクッと身悶える。

深く口を塞がれているため、呼吸もままならず、酸素が回らない美熟女の脳は次第にぼ～っと痺れてゆく。

憧れの義母が晒す呆け顔をニヤニヤと満足げに見つめ、洋司は奪う口吸いから、与える接吻に切り替える。

唇を離した途端、園美は口を開いたまま空気を求めてハッハッと息を荒げる。

洋司はむせる義母を目を細めて見つめ、口内をもごつかせて粘ついた唾液を大量に作りだす。

「ベリーダンスなんて始めたって言うから、裏の顔はスケベな不倫妻なのかと心配になったけど、やっぱりお義母さんは憧れた清楚な女性だったんですね。安心しましたよ……。こうやって男のヨダレを吞まされるのも、初めてですか？」

「ぷはっ。ハァッ、ハァッ……。あ、当たり前よ。男の人の、唾液を啜るなんて……そんなはしたない真似、したことあるわけが……んむぅ？　また口を、ふさがないで……ひゅむむぅ～っ！　ヌルヌルを、垂らさないでぇ～っ」

一時の解放は、罠でしかなかった。

再び塞がれた園美の口内に、娘婿の粘つく唾液がダラダラと流しこまれる。

必死でもがくも、逞しい腕は今度はたやすく解放してはくれない。

艶やかな黒髪を編んでまとめた後頭部をがっちり摑まれ、唇がひしゃげるまで深く接吻で塞がれて、吐息の当たる距離でジッと瞳を覗きこまれる。

獣と化した娘婿に、園美の背筋はフルフルッと震えあがる。

守ってくれる夫は、もういない。園美は観念し、貞淑な美貌を羞恥で真っ赤に染め、コクッ、コクッと洋司の唾液を少しずつ嚥下した。

「へへっ。園美さんが、俺のヨダレを呑んでる……。おいしいですか」

征服欲が満たされたか、洋司がなんとも嬉しそうに笑う。

裏のない素直な笑顔に、決して唇を交わしてはならぬ相手なのに、園美の胸はトキンと疼く。

「お、おいしいだなんて、思うはずがないでしょう。こんな、ネトネトしたいやらしい感触のお汁……。口のなかがネバネバで、おかしくなりそうよ。も、もういいでしょ。おねがい、離してちょうだい。うがいをさせて……」

今なら願いを聞いてもらえるだろうかと、上目遣いで洋司を見つめ、潤んだ瞳で懇願する。

だが、下手に出たことで、かえって洋司は調子づく。

にんまりと笑みを浮かべ、再び口をもごつかせてたっぷりの唾液を作りだし、園美の口内へおかわりをダラダラと注ぎこむ。

「それは残念。なら、おいしいと思えるまで、もっと味わってもらいましょうか。俺のヨダレが染みこんで園美さんの吐息の甘いイイ匂いが消えるまで、呑んでもらいますよ。なんなら、俺のツバでグチュグチュうがいをしちゃいますか？」

「ひ、ひいっ？　おぞましいことを言わないで、んぷぷぅんっ。また、ヌルヌルがぁ……むぷぷぅ〜っ？　洋司さんのひたがっ、くひのなかであばれてるのぉっ。舐め回さないでぇっ、アッアッ、ネチョネチョを塗り広げないでぇ〜っ」

おかわりの唾液を注いだだけでなく、洋司は卑猥に舌を蠢かせ、園美の口内粘膜へ粘つく汁を執拗に塗りこむ。

左右の内頬を何度も何度もネロネロと舐めあげ、上顎をネチャネチャとなぞり回す。下顎にもヌチュヌチュと唾液を塗りたくり、逃げ場のなくなった舌を絡め取ってベチャベチャとねぶり回し、ジュルジュルしゃぶりたてる。

「おむむっ、ぷふあぁっ、むぷんぷぅ〜っ！　こ、こんなのおかしいわ。ハァッハァッ、いやらしすぎるの、んむむぅ〜っ！　くひのなか、しびれてる……頭のなかまで、グチャグチャに掻き回されてるよう……。も、もうゆるひてぇ……」

園美の知る接吻とはまるで違う、恥も外聞もなく互いの唾液を混ぜ合わせて溺れる、獣のごとき口吸い。

舌がぬめり蕩ければ蕩けるほど、力が抜けてゆく。

逆に、洋司は義母の唾液を啜るたびに劣情を昂らせ、抱擁の力強さが増す。

「ああ、美味いよ、園美さんの唇。酒に酔うよりもずっといい気分だ……。本当は、年上の女房をもらって、毎晩こうやって熟れた身体に溺れるのが理想の結婚生活だったんだ。でも絵美は、こういうのを嫌がるから……。おぼこすぎる娘を育てた母親として、責任を持って俺を満足させてくださいね」

「そ、そんなっ。わたしのせいだと言うの？　あむむぅっ、も、もう唇を吸わないで、舌をひっぱらないでぇ〜っ。はひぃぃ〜っ！　舌、噛んではらめっ。ビリビリして、おかひくなってしまうのぉ〜っ。むふひゅうぅ〜っ!!」

暴走の責任を押しつけられ戸惑っている間も、凌辱接吻はとまらない。

ムジュムジュとしゃぶり抜かれて痺れっぱなしの舌をカジカジと甘噛みされ、電撃のような刺激が舌から脳へ鮮烈に走り抜け、園美はビクンビクンと悶絶する。

長らく女であることを忘れていた未亡人の肉体は、娘婿により牝として目覚めさせられ、舌接吻だけで軽い絶頂を迎えてしまう。

久方ぶりのアクメにすっかり惑乱した様子の義母を、洋司はにんまりと笑みを浮かべて眺める。

もっともっと、貞淑な貌の下に眠る情の深い淫らな本性を引きずりだしたい。

夫を亡くした義母の新たなパートナーは自分だと言わんばかりに、洋司は憧れの美熟女の肉厚な唇と濡れ舌をふやけるまで貪り尽くすのだった……。

いったいどれくらい、接吻の嵐に翻弄されていただろうか。

ようやく唇を解放された時には、園美は息も絶え絶えで、娘婿の首へ両腕を絡めてしなだれかかるしかなかった。

はひ、はひ、と荒い呼吸を整えていると、洋司の大きな手がほつれたまとめ髪を優しく撫でる。

裏切られた憎い相手のはずなのに、園美はどこか安らいだ心地を覚えた。

「ああ、最高でしたよ。こんなに蕩けるようなキスは、俺も初めてでした。園美さんも……旦那さんとここまでのベロチューは、したことないでしょ？」

耳元で尋ねられ、園美は真っ赤になって洋司の肩へ顔を埋めて隠す。

「いやっ。聞かないでちょうだい……。おかしいわ、今日の洋司さんは。酔いすぎよ。……もう、終わりにしましょう。今までのことは、忘れるから……」

濡れた粘膜を何度も擦り合わせるあまりにも淫蕩な口吸いだったが、とはいえ接吻は接吻。まだ、ひと時の戯れと言い訳も成りたつはず。

洋司の顔を見られないままたしなめる園美。

だが娘婿は、終わりにするつもりなど毛頭ないらしい。

左腕でがっしりと園美の腰を押さえこんだまま、右手で喪服の胸元をグイッと引っ張る。

下着を身につけていないため、たわわなナマ乳がプルンッとこぼれ出た。

「きゃあっ？　な、なにをするのっ！」

思わず驚きの声をあげる園美に、洋司は右手の人差し指を立て、唇へ重ねる。

「しーっ。絵美が起きちゃいますよ。いいんですか、お義母さんのいやらしい姿を見られても」

洋司の指摘に、園美は慌てて悲鳴を呑みこむ。

それでも、主導権を奪い返そうと、余裕の笑みを浮かべる洋司を恨みがましい目で見やり呟く。

「あなたこそ、絵美にこんなところを見られてもいいの……？」

娘を引き合いに出せば暴走を止められるはずと、園美はせいいっぱいに洋司を諭す。

だが、娘婿は妻に見つかる心配などどこ吹く風といった様子で、まろび出た乳房に手のひらを添えてムニュウッと力強く揉みこんだ。

「んふあぁ～っ！　む、胸を、触ってはだめぇっ」

「おおっ、すごいボリュームだ。しかも、肌が手のひらにピットリ吸いついてくる……。芯がないみたいに奥までトロトロに柔らかな肉が蕩けていて、最高の揉み心地だ。これが、園美さんのおっぱいなのか……うう、たまらないっ」

極上の揉み心地に、夢中になって熟した柔乳をグニュグニュと揉みたくる。

ジンジンと甘い痺れがトロ乳の奥から滲み出てきて、園美は洋司の膝の上でグッと背筋を仰け反らせ、ピクピクと身悶える。

口からこぼれ出る悩ましい牝鳴きがあまりに恥ずかしく、人差し指をクッと噛み懸命に喘ぎを抑える。

「アンッ、アンッ。そんなに強く、揉みしだかないでぇっ」

「へへっ。気持ちよさそうですね。おっぱいを揉まれるの、久々ですか。前に絵美から若い頃の写真を見せてもらったけど、昔は今ほど胸も大きくなかったですよね。つまり、子供を産んでからこんな熟れた爆乳になったのに、旦那さんにはかわいがってもらえなかったってことだ。切なかったでしょう？」

洋司はニヤニヤと笑みを浮かべ、たわわな乳塊を揉みたくる。

恥辱に唇を噛む園美だが、実際に洋司の指摘通りのため否定もできず、切ない喘ぎを押し殺すばかり。

「ンッンッ。いやらしい想像をしないでぇ。絵美を授かっただけで、わたしたち夫婦は幸せだったのよ。それ以上を望まなかっただけ、くふぅんっ」

事実、絵美が生まれてしばらくすると、夫は仕事、園美は子育てに忙殺され、二人目を作る余裕もなかった。

やがて絵美が成長し時間ができた頃には、夫の性欲は薄れてしまっていた。それでも親子三人で和やかに過ごせれば幸福で、女の悦びへの渇望などすっかり忘れていた。

しかし今、園美は信頼していた娘婿の手により熟れた肉体の奥に潜んでいた牝の欲望を引きずりだされ、戸惑いの極致にあった。

懸命に喘ぎを噛み殺す園美へ、洋司はねちっこく乳愛撫の快感を送りこむ。

「じゃあ、旦那さんが亡くなって、絵美も俺と結婚して親元を離れて、今は寂しくて仕方がないわけだ。だから新しいパートナーを見つけようと、ベリーダンスなんて大胆な趣味を始めたんですね。なら、俺が立候補しますよ。園美さんを満足させる、セックスパートナーにね」

いくつもキスマークを刻んでふっくらと赤く腫れた園美の頬へ、洋司は舌を垂らしてベロベロと唾液を塗りつける。

驚きの提案に、園美はギュッと目を閉じ、ブンブンと首を横に振る。

「な、なにを言っているのっ。あなたは絵美の、娘の旦那さまでしょう。あの子を裏切るような真似をしてはダメよ。おねがい、冷静になって。いつもの優しい洋司さんに戻ってちょうだい」

懸命に説得するも、洋司の劣情はますます昂るばかり。

「俺が園美さんのパートナーになることは、絵美のためでもあるんですよ。寂しさのあまり、おっとりしたお義母さんがヘンな男に引っかからないかっていつも心配していましたからね。これからは俺が、悪い虫が近づかないよう近くでしっかり見張っていてあげますよ」

自分のことは棚にあげ、洋司は不遜にも園美の所有を宣言する。

これほど異性から情熱的に求められたのは初めてで、園美は洋司の膝の上でもじもじと腰をくねらせる。

「そ、そんな心配はいらないわ。娘のためを思うなら、もうやめてちょうだい。本当に、見つかってしまったらどうするの。夫が、自分の母親に手を出すような人だなんて知ったら、きっとひどく傷つくわ……」

流されそうになる自分を懸命に律して、園美は潤んだ瞳で真っ直ぐに洋司の目を見つめ、情に訴える。

しかし洋司はニヤリと笑い、舌をツツーと頬へ這わせる。

次に狙いを定めた耳たぶへたどり着けば、レロレロと淫猥に弄ぶ。

「むしろ、自分の母親が寂しさに耐えきれずに、いやらしい表情で肌を晒して夫を誘惑する姿を目撃してしまった方がショックだと思いますよ。だから、大声を出さない方がいい」

「な、なにを言うのっ。迫ってきたのはあなたの方でしょう。あの子は私を信じてくれるに決まっているわ……」

あまりに自信満々な様子の洋司に、正論を述べているはずの園美の方が怯み、戸惑いに語尾を濁らせる。

洋司は義母の顎をしゃくり、壁際に置かれた姿見へ顔を向ける。

園美の視界に映しだされたのは、自分でも見たことのない己の表情。

官能的な接吻に酔わされてとことんまで蕩けた、若い牡を求めて逞しい体軀に豊満な肉体をすり寄せしなだれかかる、熟牝の淫蕩極まりない貌であった。

「どうです、今の園美さんの顔。たまらなく色っぽいでしょう。こんなうっとりと悦んだ顔で俺に抱かれたまま訴えたところで、絵美は信じてくれますかね？」

「ち、ちがうわっ。あなたが息もできないくらい何度もキスをするから、表情がゆるんでしまっただけで……。よろこんでなんか……ンアァッ。また胸を……んっ、んっ……そんなに揉みしだかないで。ひぃんっ、耳を舐めないでぇっ」

いかに牝貌を晒しているか鏡越しで園美自身にしかと見せつけた洋司は、そのまま豊乳をグニグニと力強く揉みたくる。耳たぶをねぶっていた舌を移動させ、ツプツプと耳穴へ差しこみ、クチュクチュと舐め回す。

すっかり悩ましく火照って感度を増した柔乳から搾りだされる快楽と、耳のなかから脳へと響き渡るピチャピチャと卑猥な汁音。

園美はすっかり惑乱し、逃れるどころかますます洋司にしがみつく。

弄ばれるほどに瞳は潤み、しどけなく開いた唇から舌先が悩ましく覗く。

淫らに蕩けた己の表情を目の当たりにし、園美はフルフルッと腰を震わせる。

こんな顔を、娘に見られるわけにはいかない。

園美にできるのは、人差し指を口元に添えてクッと噛み、漏れ出る悩ましい喘ぎを押しとどめて娘が起きてこぬようにと祈るだけだった。

「そうそう。今の園美さんが助けを求めたところで、説得力がないんですよ。この熟れたムチムチの身体は、寂しさに震えて男を欲しがっているんだから」

「お、おかしなことを言わないで。わたしはそんな、いやらしい女じゃ……ひむむぅ～っ！　乱暴にグニグニしないでぇっ。胸が、ンッンッ、つぶれちゃう。アァッ、裾を捲ってはダメよ。おしりが、あうぅ、丸出しに……はしたない……」

指を噛み声を殺すことで片手一本でしか抵抗できなくなった園美に、洋司はこれ幸いとさらに強引に迫り、喪服へ手をかけ柔肌を露出させる。

胸元をグイッと引っ張れば、たわわな豊乳が二つともブルルンッと弾んでこぼれ出る。

喪服の裾を腰まで捲りあげると、下着に覆われていない熟れた桃のような安産型の丸尻がプリンと丸出しになる。

洋司は興奮に鼻息を荒げ、両手でそれぞれ乳房と尻たぶを好き放題にグニュッグニュッと揉みたくり、手のひらいっぱいにしっとりとした質感を堪能する。

「さすがは園美さん。着物の下には下着をつけないのがマナーって聞きますものね。でも、そのせいで俺は法事の間じゅう、興奮しっぱなしでしたよ。喪服じゃ隠しきれない大きな乳と尻を、目の前で揺らして挑発されつづけてたんだから」

「ちょ、挑発なんてしていないわ、アンッアンッ。亡くなった夫を悼んでくれていると思っていたのに、わたしの身体を盗み見て、いやらしいことで頭をいっぱいにしていただなんて。アヒンッ？　おしり、ペチペチしないでぇっ」

喪服の下に淫らな熟れ肉を隠していた園美を折檻するかのごとく、洋司は力強い愛撫で真っ赤に染まった尻たぶへさらにピシャピシャと平手を打ちつける。

理不尽な扱いとはいえ、人に叱られるなど何十年ぶりだろう。

打たれた尻たぶが揺れるたび、ジーンと熱い疼きが尻肉の奥へと染みこみ、女芯をキュウンと疼かせる。

視界の端に捉えた姿見には、息子と呼んだ方が近い年齢の一回り以上年下の娘婿にいいように弄ばれ、悶え喘ぐ情けない女の姿が映る。

表情は、信じられないほどにうっとりと蕩けていた。

まるで、夫を亡くして以来ずっと探していた頼れる相手にようやく巡り会えた幸福に酔いしれているかのように。

ヒリヒリと尻たぶ全体に熱さが広がるまでイジメたかと思いきや、一転してスリスリと優しく撫で回し、慰めてくれる大きな手のひら。

真っ赤に熟れて敏感になった肌を、擦ってもらう感触が心地よい。

かと思えば乳房をひしゃげるほどグニュウッと揉みしだかれ、快楽を内から搾りだされる。

園美は左手を洋司の首に絡めたまま、背中を反らしビクビクと身悶える。

湧きあがる狂おしい感覚に慌てて再び指を噛むも、甲高い喘ぎを殺しきれない。

「ひむむぅーっ！　胸を、揉みつぶさないでぇっ。ジンジンしびれているの、こわれてしまうわっ」

「おおっ。けっこう身体が柔らかいんですね。ベリーダンスの効果ですか？　大丈夫、壊れたりしませんよ。力加減に合わせてグニュグニュと絶妙に形を変える柔乳だ。むしろもっと揉んでほしいって、手のひらに吸いついてますよ」

園美の懇願よりも自分が直に肌を通して感じている女体の反応を信じ、洋司はますます愛撫に力を込める。

両手で乳房と尻たぶを揉みしだくだけでなく、喪服からまろび出て弾むもうひとつの無防備な塊に顔を近づける。

娘を母乳で育てて以来誰にも吸われていない妊娠前よりもボリュームを増した豊乳へ、大口を開けてムチュリと吸いつく。

「んふあぁ〜っ！　胸を、食べないでぇ。アッアッ、吸ってはダメよぉっ」

「ああっ、手で揉む以上に柔らかさが伝わってくる。口のなかが蕩けるようだ。

甘ったるいミルクみたいなニオイをプンプンさせて……。絵美が吸いきらないから、こんなに大きくなっちゃったんですね。俺がしっかりしゃぶってあげます」

義母の熟れ肌が醸しだす牝臭に酔いしれ、洋司は夢中になってムジュッ、ムジュルッと口いっぱいに柔乳を頬張り、むしゃぶりたてる。

唇で揉みほぐされて蕩けた乳肉へ、ネトネトと唾液を塗りたくる。じんわりと乳房全体が疼いたところで、再びモニュモニュと芯からほぐすように味わわれ、園美は悩ましい嬌声を止められない。

娘婿の膝の上で喪服をはだけ、乳尻を揺らして淫らに腰をくねらせる。

「アンアンッ、ンハァンッ。あ、あの子を産んだのは、何年前だと思っているの。今さらそんな、ひうぅ～っ。噛まないで、歯を立てないでぇっ。ますます痺れてしまうの、痕が残っちゃうっ」

「何年もほったらかしだったのなら、ますます俺が慰めてあげないと。歯形をつけてあげますよ。旦那さんを亡くした園美さんに悪い虫が寄ってきても、このムチムチの熟れボディには持ち主がいるんだって、ひと目でわかるようにね」

洋司は愉しそうに目尻を下げ、揉みたくりむしゃぶりたてて奥まで蕩けた義母のたわわな淫乳を、さらにガプガプと甘噛みする。

白い肌とくっきりと色彩を分かつ、ぷっくりとせりだした赤い乳輪。

その淫猥な膨張を強調するように、ラインに沿ってカジカジと歯を立て、歯形を刻む。

根元を刺激されてますますくびり出た乳輪とピンと尖った勃起乳首へ、ジュパジュパとしゃぶりつき、男にねぶられる感覚を徹底的に擦りこむ。

「アッアッ。噛まれるたびに、胸が痺れて……先っぽがズキズキ疼くわ、腫れあがっちゃう……。ひぐうぅ～っ！　吸いたてないで、むしゃぶらないでぇっ。胸の先が、乳首がビリビリしびれて、はじけてしまうぅ～っ!!」

胸の先端に執拗にしゃぶりつかれて切ない疼きがパンパンに溜まりきった状態での、苛烈な吸引。

園美は再びグイッと上体を仰け反らせ、指を噛んで喘ぎを押し殺すのも忘れ、甲高い牝鳴きを響かせビクッビクッと肢体をわななかせる。

長らく手つかずだった義母の熟れた肉体に期待以上の悦楽への渇望が眠っていたのを知り、洋司はニヤリとほくそ笑む。

パンパンに張りつめた先端部をさらにレロレロと舐めあげ、乳絶頂に困惑する義母へ語りかける。

「ハハッ。胸だけでイッちゃったみたいですね。本当に敏感な、男好きのする身体だ。お義父さんも人が悪いな。心も身体もこんなに寂しがりな園美さんを、一人で残していくなんて。だからこそ俺が満足させてあげなきゃ」

「う、うそよ。胸だけで達するなんて。わたしはそんなはしたない女じゃ、ひいぃ〜っ？　乳首を舐めあげないで、今はピリピリしているからっ。ンアァ、あの人を悪く言わないでちょうだい、はひぃ〜っ？　舌ではじき回さないでぇっ」

忘れていた女の悦びを娘婿の手によって呼び起こされ、園美はすっかり惑乱し、甘い嬌声を漏らして身悶えるばかり。

密かに胸の奥へしまっていた、絵美を産んで以来、女ではなく娘の母親としか見てくれなくなった夫への小さな不満。

そんな心の隙間を埋めてくれるのが、女としては終わったものと思いこんでいた身体に執心を見せる、目の前の青年なのだろうか……。

（だ、だめよっ。なにを考えているの。洋司さんは絵美の……娘の、旦那さまなのよ）

必死に自分を律するも、性感の溜まった乳首をじっとりとねぶられるたび、腰の奥が悩ましく蕩ける。唇がしどけなく緩み、甘い喘ぎがこぼれる。

（洋司さん……。どうしてわたしのようないい年をした女へ、熱い視線を向けてくるの？　からかっている……わけでは、ないわよね。絵美とは、夜の方がご無沙汰だと話していたし……そ、そんなにも溜まっているのかしら……）

溺愛するあまり子供っぽく育ってしまった娘が夜の生活を拒んだため、夫を満足させられず、暴走を促したのだろうか。

嬉しそうに柔乳にむしゃぶりつく洋司を見ていると、おぞましい目にあわされているはずなのに、なぜだか申し訳ない気分になり胸が締めつけられる。

洋司が満足し冷静さを取り戻すまでの我慢と、されるがまま耐えつづける園美。しかし熟れた女肉は執拗な愛撫の前にどんどん牝に目覚め、悦楽を求めだす。捲りあげられた喪服から露わに覗くぽってりと悩ましい肉厚の恥丘が、真っ赤に火照ってじんわりと疼く。

中央の合わせ目が徐々にうっすらと口を開け、トロリと溢れた蜜が滲む。乳愛撫に身悶えるたび無意識に腰が前後へ動けば、剝き出しの股ぐらにグリッと硬いなにかが擦れ、ビリビリッと鮮烈な感覚が股間から背筋へ走り抜けた。

園美は左手を下腹部へ下ろし、謎の塊を遠ざけようと手のひらを重ねる。するると洋司が呻きを漏らし、ブルルッと大きく体を震えあがらせた。

「くあぁっ。まさか園美さんが、自分から触ってくるなんて……。もう我慢できなくなっちゃったんですか」

「えっ……？　きゃっ？　ち、ちがうのよ。硬いものがグリグリ当たっているから、ンハァッ、押しのけようとしただけで……。ま、まさかあなたの……だったなんて、思わなくて……」

そう。園美が触れたのは、ズボンを押しあげる洋司の逞しい怒張だったのだ。

慌てて弁解するも、無意識とはいえ破廉恥な行為に及んだ園美は羞恥で耳まで真っ赤になり、言葉もしどろもどろ。

うぶな反応はますます牡の劣情を焚きつける。

洋司はニヤリと笑い、ズボンのチャックを下ろして生の肉棒を取りだし園美のたおやかな手に握らせる。

「ひいっ？　や、やめてちょうだい。そんなモノ、握らせないで」

「そんなモノとはひどいな。園美さんが魅力的すぎるから、腫れあがってしまったのに。絵美とする時も、ここまでガチガチに勃起したことはないですよ。娘婿を興奮させる、悪いお義母さんだ。責任を取ってもらわないと」

身勝手な言い分と共に、園美の手筒に己の手を重ね、ゴシュッゴシュッと扱かせる。先端からダラダラとひっきりなしに溢れる先走りが、未亡人の清楚な手のひらをヌチュヌチュと卑猥に汚す。

「ンアァッ。し、しごかせないで……。手のひらが、はうぅ、ヌルヌルに……。アァ、アツイわ……ビクビクと、苦しそうに震えて……」

けがらわしいはずなのに、肉幹から手を離せない。

園美は視線を落とし、心地よさげにビクビクと脈打ってはトパトパと粘液を溢れさせる亀頭の先端を潤んだ瞳で呆然と見つめる。

「優しい人ですね、園美さんは。この状況でも、握りつぶそうなんて思いつきもせず、心配そうにチ×ポを撫でてくれる……。だからこそ、放ってはおけないんですよ。他の誰かに渡すくらいなら……俺のモノにするよ」

洋司は低い声で呟くと、園美の手に重ねていた右手を離し、無防備にさらけだされた美熟女の恥丘へペトリと重ねる。

腫れぼったい柔肉を手のひら全体でモニュッモニュッとじっくり揉みしだき、中指を這わせて中央の割れ目を探る。

位置を確認すると中指をツプリと差し入れ、長らく男に愛される悦びを忘れていた寂しさに泣き濡れる牝穴をヌチュヌチュと掻き回した。

「ハヒイィ～ッ？　指、入れないでぇっ。アッアッ、掻きまわしてはだめぇっ」

「おおっ。園美さんのマ×コのなか、ヌルヌルだ。俺のチ×ポと一緒ですね。やっぱりこのムチムチの身体は、男を欲しがり寂しがっているんだ」

媚肉を掻き回される快感に、園美はおとがいを反らしピクピクと身悶える。思わずキュッと握りしめた肉棒がビクンと跳ね、快楽を共有している悦びにドパッとカウパーが溢れだし、淑女の手のひらをますます卑猥に濡らす。

「ち、ちがうのよ。わたしは男の人をほしがってなんて、アンアンッ。ナカをソリソリ、撫でないでぇ」

「イジればイジるほど、クチュクチュと濡れてきますよ。こんなに泣きだして……。ずっと一人で、寂しさに耐えてきたんですね。今日は俺がいっぱい慰めてあげます。もうガマンなんてしないで、素直に甘えて、感じていいですよ」

未亡人の蜜壺は、貞淑にあらねばならぬとの想いとは裏腹に、逞しい牡の指へチュプチュプとひとりでに吸いつく。

膣奥から染み出たたっぷりの愛蜜にまみれる無数の膣襞は、洋司の指を歓迎しネチョネチョとまとわりつく。穴全体もキュムキュムと嬉しそうに収縮する。

かつてないほど鋭敏になった膣内からは、洋司の指の動きはおろか自らの膣襞や蜜壺の動きまで鮮明に感じ取れた。

あまりの羞恥に園美はイヤイヤと首を横に振り、目覚めた牝の欲深い本性を必死で否定する。

「アッアッ、お、おかしいわ。わたしはいやらしい、はしたない女じゃない、ンァァッ。こんなの、なにかの間違いよ」

今まで培ってきた貞淑な妻であり母である自分の存在が崩れ去ってゆく恐怖。園美は己を今まさに追い詰めている相手であるはずの洋司にすがりつき、必死に弁解を繰り返す。

洋司はなおもチュクチュクと蜜壺をじっくり掻き回しつつ、左手でポンポンと園美の頭を撫でる。

「わかってますよ。普段の園美さんが清楚な女性だってことは。でも今夜は、三回忌の法要が終わったところにお酒も入って、乱れてしまっただけですよね。責めたりしません。秘密にしますから、俺の前でだけは遠慮せず、素顔をさらけだしてください……」

黒髪を撫でる優しい手つきと、媚肉をなぞる淫猥な指の感触が同調する。

淫欲に飢えた媚肉が悩ましくほぐれるたび、きっちりとまとめた黒髪がほつれ、はらはらと広がる。

園美は洋司の膝に跨り、乱れた喪服から柔肌を露わに晒し、アンアンと切なくも甘い牝鳴きを響かせる。

娘婿の前で必死に張りつづけた虚勢は、まとめ髪が完全にほどけて長く艶やかな黒髪がはらりと白い背中に舞い降りた時、すべて崩れ去った。

「アンアン、ンアァンッ。そ、そうよ。今日のわたしはおかしいの、普通じゃないのよ。洋司さんがおかしくしたのよ。お酒なんて呑ませるから、ハアァンッ」

酒と娘婿に責任を押しつけ、抑えきれなくなった快楽に黒髪を振り乱して身悶え、蜜壺を潤わせる未亡人。

拗ねた口調で甘えてすがる様は、一回り以上も年上の女とは思えぬほど、なんとも愛らしかった。

洋司は左手で園美の黒髪をあやすように梳き、右手の指で女陰のツボを探り当て、クニクニと執拗に指の腹で擦って快楽を刷りこむ。

「ヒアァッ？　そ、そこはダメェッ。そんなにイジらないで。ナカが、ヒクヒクしてしまうのっ」

「ココが園美さんの感じる部分なんですね。クニクニとお肉が蠢いて、なんとも気持ちよさそうだ。悦んでる声、もっと聞かせてください。顔もよく見せて」

火照った義母の美しい面差しを愛おしげに見つめ、甘ったるい喘ぎに耳を傾け、洋司はひたすらに熟れた媚肉を弄ぶ。

痺れる快感の連続に園美はすっかり腰砕けになり、洋司の首へ両手を絡めてすがりつき、膝の上でアンアンと牝鳴きをあげる。

クチュクチュ、ピチャピチャと淫らな水音がひっきりなしに響き、園美の耳へ染みこむ。

脳が揺さぶられつづけ、ほころんだ理性は淫蕩な興奮に塗りつぶされる。

(アァ、わたし、本当におかしくなってしまったのね。絵美の……娘の旦那さまの手で、はしたなく悶えているなんて。身体が燃えるように熱い。アソコが疼いて、震えがとまらないの。なんて恥知らずなの……でも……)

目の前の広い胸は、年甲斐もなく情けない姿を晒す自分をしっかりと受け止めてくれる。

頼もしい包容力を前に、園美はもはや抗うのをやめ、身を委ねる。

はだけた喪服からまろびでたたわわな豊乳がムニュンと柔らかくひしゃげ、プニプニと弾んで洋司の胸板を心地よくくすぐった。

やがて、蜜壺がキュムキュムッと悩ましく収縮する。無数の濡れそぼる膣襞が幾重にも重なって洋司の指にまとわりつき、チュブチュブと悩ましくしゃぶりたてる。

頃合いと見た洋司は指の出し入れを速め、火のついた媚肉を追いこむ。

「マ×コ、イキそうなんですね。いいんですよ。今日は特別です。なにもかも忘れて、思いきりイッてください」

「アッアッ、ンアァァッ。イヤらしい言葉を、囁かないでぇ。イク、だなんて……わからない、わからないの」

女性器を示すひどく淫猥な単語が、掻き乱された脳をクラクラと揺さぶる。

かつて夫に愛された十年以上も前のおぼろげな記憶のなかには覚えがない狂おしい熱が、切なさに泣き濡れる媚肉を焼き焦がす。

夫を受け入れた際に感じた温かな火照りは、児戯に等しいものだったとこの年にして思い知らされる。

膨れあがる真の絶頂に追いたてられ、園美は黒髪を振り乱しブンブンと首を横に振る。それでもすがりついた身体は洋司から離れられない。

今の園美にとってただ一人の、頼れる存在だから。

「イッたことがなかったんですね。でももう、わかりはじめているんでしょう。俺の前では、なにも隠さないで。さあ、イクんだ園美。マ×コでイクんだ」

「アンアンッ、ハァァンッ。わ、わたし……イク、の……？　オ、オマ×コ……アツいの。ピクピクが、収まらない……。これが、イク……わたしは、イクのね……」

こみあげる快感の連続で真っ白に染まった脳に、洋司の低い声がイクという感覚を刷りこむ。

もはや思考が正常に働かぬ園美は、耳元で囁かれる女性器の名をオウム返しに口にし、せりあがりつつある牝の絶頂を告白する。

「そうだ。園美はイクんだ。あなたを縛る物は、もうなにもない。一人の女になって……牝になって、思いきりイクんだっ。イケッ、園美、マ×コでイケッ！」

鋭い命令口調と共に、鉤型に曲げられた洋司の中指が、快楽の疼きが溜まりきった園美の最も敏感な箇所をコリコリッとこそぎあげる。

瞬間、園美の脳からは亡き夫への変わらぬ愛も二階で眠る愛しい娘の存在も、目の前の頼れる男が娘婿であるという事実すらも吹き飛ぶ。

爆発的な絶頂感に理性も妻として母としての矜持もすべてを押し流され、一匹の牝と化し、悶え狂った。

「アヒイィィーッ!?　イクッ、イクゥッ！　オマ×コ、イクウゥゥーッ!!」

グイィッと折れんばかりに背筋を仰け反らせ、ブルンッと豊乳を大きく弾ませて、甲高い絶頂の嬌声をあげてビクビクッと悶絶する美熟母未亡人。

とらわれていたしがらみからすべて解放され、ただひたすらに絶頂に身悶え喘ぎ鳴く園美の姿に、洋司はうっとりと見惚れる。

「ああ、園美さん、イッたんですね。たまらなく綺麗で、いやらしくて……とても幸せそうだ……」

かねて密かに夢想していた、憧れの美熟女が絶頂に悩ましくあでやかに舞い踊る姿が今、現実に目の前へ広がっている。

洋司はしばし、すべてを失う覚悟で一歩を踏みだしたことにより手に入れた、至上の幸福に酔いしれる。

だが、一度至福を手に入れてしまえば、もう手放せるはずもない。

妻の絵美が目を覚まし邪魔が入らぬよう、洋司は仰け反って喘ぎ悶える園美をグイッと抱き寄せ、牝のいななきをあげる口をブチュリと塞ぐ。

「ふむぅーっ!?　い、今はだめぇっ。イッてる顔を見ながら、アッアッ、キスしないでっ。キスしたまま、んむむぅ、イカせないでぇっ。ヒアァァッ、また、またイクゥッ！」

「園美さんのアクメ声、最高に色っぽいですよ。ずっと聞いていたいけれど、誰かに聞かせるのももったいない。俺だけのモノにしますからね」

洋司は左手で園美の後頭部をがっちりと押さえ、義母の絶頂の喘ぎが止まらぬ開きっぱなしの唇に口で蓋をする。

吐息の当たる距離で絶頂顔を視姦され、園美の脳は羞恥で沸騰する。身を捩って逃れようとするも、圧倒的な快感の前に自由が利かない。口を塞がれ呼吸もままならず、瞳をクルンと裏返らせてビクビクと悶絶する。

洋司は絶頂にわななく媚肉へさらに指技でソリソリと快感を送りこむ。遅まきながら牝に目覚めた義母の熟れた肉体が、この日味わった悦びと洋司の存在を二度と忘れぬように、徹底的に覚えこませる。

「んむうむっ、ふむあぁーっ。イクッ、イクゥッ。オマ×コが、イクゥッ。洋司さんに見つめられて、イクゥンッ！　わたし、もうダメよ、狂ってしまうぅ。あの子の旦那さまの指で、イクッ。腕に抱かれて、何度もイクウゥ～ッ！」

園美は再びビクビクッと肢体をうち震わせ、もはや何度目かもわからぬ絶頂に呑みこまれる。

脳はすっかり快楽にふやけ、桃色の霞がかかる。

貞淑だった義母は、イクイクと淫らな牝鳴きを繰り返す肉人形に成り果てる。

それでも洋司は卑猥な指の動きを止めない。

憧れた妻の母が奏でる禁断の喘ぎに特等席で耳を傾け、にんまりと笑みを浮かべて酔いしれるのだった。

第二章　絶頂がとまらないの

女膣に浴びる娘婿の白濁

どれほど絶頂を繰り返しただろう。

夫婦の寝室へと運ばれた園美は、畳敷きの床に敷いた白い布団の上に力の入らぬ肢体をくてりと投げだし、潤みきった瞳で呆然と天井を見上げていた。

閉じぬ唇からハァ、ハァ、と小さな喘ぎが切れ切れに漏れ出る。

喪服は帯を解かれ、なだらかな腹部が露わになっている。

呼吸のたびに、丸く形よい臍がクニ、クニと性器のごとく悩ましく蠢く。

たわわな乳房は柔らかすぎるため、重力に引かれて広がっているが、それでもはっきりと大きさがわかる。

全裸になった洋司はしどけなく広がった義母の股の間へ、怒張を垂直に反りたたせて腰を下ろす。

右手を伸ばし、蕩けた豊乳をムニッ、ムニッとじっくり揉みたくる。

「ああ、手のひらが溶けて吸いこまれそうだ……。園美さんのオッパイ、名店の生プリンみたいな蕩け具合ですね。何度味わっても飽きないほど美味そうだ」

上体を倒し、左乳を揉みたくっては右乳に吸いつき、むしゃぶる。

絶頂の余韻に呆けていた園美の口から、再び甘ったるい喘ぎが漏れ出る。

「んふあぁっ……はあぁんっ……。も、もうお乳をイジメないで……ほんとうに、溶けてしまうわ……」

口では娘婿をたしなめるも、もたらされる甘い悦楽に声音はすっかり緩んでいた。

しばし義母の心地良さげな喘ぎをＢＧＭに、洋司は口いっぱいに広がるトロ乳の感触と甘さを堪能する。

味わいつづけてひとまず満足すると、ますますだらしなく広がった唾液まみれの乳房から口を離し、今度は白足袋を履いた美脚に目をつける。

足首を掴んで右脚を持ちあげ、官能の残り火にヒクヒクとわななくつま先へ、清楚な白足袋ごとジュパッとしゃぶりつく。

　脳まで甘く痺れていた園美だが、洋司の変態的な行動に目を丸くし、敏感な足指に湧きあがるくすぐったさにクネクネと身を捩る。

「ひあぁっ？　な、なにをしているの。だめよ、汚いわ。アッアッ、舐めないでぇ。唾液が足袋に染みこんで、んふあぁっ」

「汚くなんてないですよ。清楚で上品な園美さんに、真っ白な足袋がよく似合っています。正座している姿を後ろから眺めていて、気になって仕方なかったんだ。清らかだからこそ……俺の唾液で、ヌルヌルに汚してみたいってね」

　ムジュムジュとつま先をしゃぶり、唾液が染みこみ透けた布地に浮かびあがった足指のシルエットを舌でネロネロと嬲る。

　くすぐったさ混じりの心地よさにピクピクと震える様子をじっくりと楽しむと、さらには大きく舌を垂らして足裏全体をベチョベチョと舐め回す。

　乳尻を揉みたくられ膣穴を指でほじられて何度も絶頂を繰り返した後の、すっかり準備が整っていた熟れた肉体への焦らすような足愛撫。

「そ、そんなおかしなことを考えていただなんて。真面目な人だと思っていたのに、あなたは変態よ、くひぅぅ～っ。や、やめてちょうだい。くすぐったいのには弱いの、くひっ、はひぃっ。も、もう舌でなぞらないで、おかしくなるぅっ」

園美は何度も身を捩り、倒錯の愛撫に笑い混じりの喘ぎをこぼし悶える。ようやく解放された頃には、わずかに残った体力も搾り尽くされていた。ダランと脱力しきった園美へ、洋司は舌愛撫で付着した口の周りの唾液をベロリと舐め回し、覆いかぶさる。

秘唇へ亀頭を当てて狙いを定めれば、園美の意思とは無関係に、膣口が先端へチュブチュブと吸いつく。

義母の肉体は自分を拒んでいない。むしろ求めているのだと確信する。

洋司は園美の耳にかかったつややかな黒髪をかきあげ、露わになった耳に口を寄せて囁く。

「さて、いきますよ。園美さんのナカ、俺に味わわせてください」

「アァ……。や、やっぱりダメよ。思い直してちょうだい、洋司さん。わたしは絵美の、あなたの妻の母親……」

逞しい体軀に覆いかぶさられ身動きのできない園美は、なんとか思いとどまってくれればと、潤んだ瞳で上目遣いに見つめ訴えかける。

しかし洋司は人差し指を園美の唇に押し当て、それ以上の言葉を封じる。

「言ったでしょう。今のあなたは、一人の女だと。こんなにも寂しさに泣き濡れているんだ。自分の悦びだけを考えてください。さあ、いくぞっ！」

洋司はギュッと園美の豊満な肉体を抱きしめ、グイッと腰を突きだす。

逃れる術を失った未亡人のしとどに濡れる蜜壺に、娘婿の禁断の剛直が、ズブッ、ズブッと深くゆっくり塡まりこむ。

「ンアァッ……ほ、本当に、入ってくるっ……。んくうぅっ……くひぃっ？　んひあぁ～っ！」

大きく張りだした亀頭の傘が、ぬめる膣襞を掻き分け、ゾリゾリと媚肉をこそぎあげる。

やがて先端が膣奥に当たり、怒張はズッポリと膣穴を完全に埋め尽くした。

灼熱の剛棒に熟れた肉体へ内から火をくべられ、湧きあがる狂おしい熱に園美はおとがいを反らしてビクビクと身悶える。

淫熱に沸騰した脳からは大切な娘の存在も吹き飛び、大きく開いた口から悩ましい喘ぎが漏れ出て室内に響き渡った。

「くうあぁっ！　これが、お義母さんの……園美の、マ×コの感触っ。あったかく、優しく、俺のチ×ポを包みこんでくれてる……ああ、たまらない……」

強引に迫った自分を強く拒まず受け入れてくれた、慈愛に満ちた義母の蜜壺。

洋司はギュウッと園美を抱きすくめ、憧れの美熟女の温もりを堪能する。

一方、園美は洋司の体軀の重みを全身で感じたまま、ジーンと媚肉をじっくり焼かれる感覚に呆然としていた。

「ンハアァ……。ア、アソコが……オマ×コが、あついわ……。太くて硬いモノに、押し広げられて……。男の人の、ぬくもりと匂い……くふぅん……」

洋司が挿入するやいなや獣のように腰を振りたくっていれば、抵抗感も湧いたかもしれない。

だが挿入したまましばしじっくりと感触を味わったことで、媚肉は怒張を異物とは判断せず、時が経つにつれて熱と硬さに馴染みだす。

洋司は心地よさげに目を細め、園美のふっくらした頬へ頰を重ね、甘えるように擦りつけてくる。

黒髪を撫でる手も、抱擁する腕の温かさも、夫を亡くして以来心の底でずっと求めていたもの。

園美は無意識に両手を洋司の背中へ回し、キュッとしがみついていた。

「園美さん……ひとつに、なっちゃいましたね。ヌルヌルのトロトロで、最高に気持ちいいですよ。園美さんは、大丈夫ですか。きつくないですか？」

「え、ええ……平気よ……。あっ？　ち、ちがうの……今のは、その……」

嬉しそうに性交の感想を伝え、洋司は義母の身体を気遣う。

園美は思わず頷いてしまってから、後悔する。

もしもつらいと答えていれば、娘婿は普段の優しさを取り戻し、手を引いてくれたのではないか。

慌てて取り繕うも、時すでに遅し。

お墨付きを得た洋司は満面の笑みで、ゆっくりと腰を使いはじめた。

「よかった。なら、心配ないですね。園美さんのマ×コ、たっぷり味わわせてくださいね」

「ああっ、ま、待って。もう、満足したでしょう。これ以上はだめ、んひぃぃ～っ？　太いのが抜けてゆくの、ナカが引っ張られるぅ～っ」

肉棒が抜け出てゆくたびにカリ首で媚肉を引っ掻かれ、園美は白い首を仰け反らせてピクピクと悶絶する。

怒張から淫らな熱が伝播してますます鋭敏になった媚粘膜は、ひと撫でごとにピリッピリッと官能の痺れが生じ、園美の口から引き攣った喘ぎが漏れ出た。

「まさか。一回挿れただけで満足するほど、ガキじゃないですよ。むしろ、もっともっと味わいたくなる。さあもう一度、今度はさらに深く繋がりましょうか」

「だ、だめよ。入ってこないでぇ。ア、アソコが、ジンジンしていておかしいのよ。また擦られたら、あひぃぃ～っ！　しびれるぅ～っ！」

掻きだされた媚肉を今度はゾリゾリッと擦りたて、剛直が再び埋めこまれる。

園美は嬌声をあげて大きく身悶える。跳ねあがった脚が天井を向き、白足袋に包まれたつま先がピクピクと痙攣する。

再びぐっぽりと蜜壺を埋め尽くされた時には、わななく美脚は許しを乞うように洋司の腰へしどけなく絡みついていた。

「ハハッ。ものすごく敏感ですね。悦んでもらえて嬉しいですよ。じっくりたっぷり、セックスしましょうね」

「よ、よろこんでなんて……わたしはそんなはしたない女じゃ、くひぅぅ～っ！　また長いのが、アソコからズルズル抜けてゆくぅ～っ」

「アソコじゃなくて、マ×コですよ、マ×コ。教えたでしょう。園美さんのやらしいマ×コが入れるたびにめいっぱいチ×ポにすがりつくから、抜く時に引っぱられてたまらないみたいですね。本当に、マ×コまで寂しがりだなあ」

媚肉を掻きだされて生じる快感の鮮烈さにキュッと瞳を閉じてしがみついてく

る園美が、洋司は愛おしくてたまらない。

大量の愛蜜で満たされたぬめる蜜壺の感触を存分に味わっては、貞淑な義母の耳元で卑語を囁き性交の快楽を教えこむ。

「ンアァッ、ちがうの。わたしの意思じゃないの。アソコが、勝手に……ンアヒィ～ッ！　オ、オマ×コッ。オマ×コに、また奥までオチ、オチ×ポがぁっ」

教えられた淫らな単語を口にせねば、より苛烈な肉攻めが待っている。

園美は一回り以上も年下の娘婿になすすべなくすがりつき、抽送により送りこまれる強烈な快感を少しでも和らげようと情けなくも媚びるしかない。

悶え喘ぐ美熟女をなじったりはせず、洋司は笑みを浮かべて満足げに見やる。

ズプッ、ズプッとゆったりしたペースで出し入れしては、ゆるゆると腰を回して濡れそぼる媚肉に肉棒の熱と感触をじっくり覚えこませる。

膣奥から滲みつづける愛蜜がグチュグチュと膣内で掻き回され、ジュプジュプと卑猥な汁音と共に結合部から垂れ滴る。

「アンッ、アンッ。アッアッ、ハアァンッ。……ま、まだ終わらないの？　早く、ンハアァッ、終わりにしてぇ……」

「なにを言ってるんです。まだ始まったばかりじゃないですか。今までずっと、この最高に魅力的なムチムチのボディを前に、おあずけを食らって我慢してきたんだ。今夜は夜通し、たっぷり楽しませてもらいますよ」

洋司はニヤッと笑い、ブルブルと膣内で肉棒をわざと震わせる。

「よ、夜通しだなんて。そんなに時間をかけるものではないでしょうに……」

園美は驚きの表情で洋司を見やり、真っ赤になって視線を逸らす。

洋司は気づく。極上の名器を持ちながら、なぜ園美の熟れた肉体が四十を超える年まで絶頂を知らずにいたのかを。

「なるほど……。お義父さん、早かったんですね。どうりで、こんな蕩けまくりの濡れマ×コをしてるのに、イッたことがないわけだ……。ますます、俺が本当のセックスを教えてあげなきゃって、やる気になりますよ。それっ、それっ」

使命感に駆られた洋司が、抽送のスピードをあげる。

先ほどまでとは違い、掻きだされた媚肉をすぐさまこそぎあげられ、ひっきりなしに生じる快感。園美は洋司の逞しい体にしがみつくしかない。

(アァッ、ますますオチ×ポの出入りが激しくなって。オマ×コ、焼けちゃうっ。あの人に抱かれた時とは、全然ちがうわ。これが、本当のセックスなの？)

かつて亡き夫に優しく抱かれてもたらされた穏やかな心地とはまるで違う、燃え盛る狂おしい情動。

　グニグニと媚肉が悩ましく蠢き、子宮がズキズキと疼く。

　ジュプジュプと愛蜜がひっきりなしに染みだし、怒張をネットリと包みこむ。

　園美は切れ切れの甲高い喘ぎをこぼし、未知の悦びを教えてくれる娘婿を陶然と見つめる。一方で、ある疑念が湧きあがり、母として胸が締めつけられた。

「アンッアンッ。……ねえ、洋司さん。絵美じゃ、ダメなの？　こんな、女としてもう終わったわたしじゃなくて、ンッンッ、あの子を愛してあげてちょうだい。あなたたち、仲が悪いようには見えないのに、どうして……」

　決して責めるわけではない、娘夫婦を憂いた瞳。

　洋司は自分ばかり夫婦間の秘密を知るのは不公平かと苦笑し、妻との仲を打ち明ける。

「……俺も言わなきゃ、ずるいですよね。実は……絵美のマ×コ、小さいんですよ。入れると痛がって、だんだん嫌がるようになって……。あいつはしなくても一緒に暮らしていれば満足みたいだけど、俺は男ですからね。そうもいかなくて……」

「そ、そうだったの……。たしかに、洋司さんのオチ×ポは、夫のよりもずっと……。あぁっ、な、なんでもないの。忘れてちょうだい」

娘婿の照れくさそうな告白を聞き、園美は申し訳なさに胸を痛める。

同時に、無意識に夫とサイズを比べてしまい、己の破廉恥さに真っ赤になる。

もちろん妻に夜の生活を拒まれたとはいえ、義母の肉体を求めるなど許されるはずがない。

それでも責任の一端を感じて憐れんでくれる慈悲深き義母が、洋司は愛おしくてたまらない。

前後の抽送から、腰を回して媚肉を撫でるねちっこい腰使いに切り替え、耳元で卑猥に囁く。

「ハハッ。そう言ってもらえると光栄だな。でも、特別デカイってわけじゃないんですよ。園美さんが相手だから、今は一回りは大きく勃起してるんです。さんざんオカズにしてきた、憧れの人ですからね……」

「わたしだから、大きく……憧れ……。オ、オカズって、なんなの……？」

妻相手よりも興奮すると告げられ、ドキンと胸が震える。

パンパンに太く硬く膨張した肉棒が、娘婿の言葉が真実だと裏付ける。

加えて囁かれる、オカズという耳慣れぬ単語。

卑猥な言葉だと本能的に理解し、一瞬ためらうも、気づけば園美は意味を尋ねていた。

「絵美に断られた後、ムラムラを解消するため園美さんのムチムチの身体を思い浮かべて、一人でチ×ポを扱いてたってことです。セックスするのを想像しながらね。ああ、こうして実際にマ×コの感触を味わえて、夢みたいですよ」

「そ、そんな。以前からわたしを思い浮かべて、いやらしいキモチに……。ンアァッ、ナカでビクビク、暴れさせないでぇっ」

決して酒に酔った勢いの暴挙ではないのだと告げられて戸惑う園美に、怒張はさらにブルルッと震えあがり、いかに滾っているかを見せつける。

剝き出しの牡の感情をぶつけられ、夫を亡くした心の隙間が塞がらぬままの義母の胸は今、切なさに揺れている。

今夜だけの関係で終わりたくない。

己の存在を、義母の肉体に忘れられぬほど刻みつけたい。

洋司は先ほど指で探り当てた園美の膣壁の弱い部分を、今度は亀頭の傘でゾリゾリと擦りあげ、性交の快楽を執拗に擦りこむ。

「園美さんのマ×コも小さかったらどうしようかと思ったけど、余計な心配でしたね。むしろ、俺のチ×ポ専用なんじゃないかってくらいにピッタリだっ」

「アンアンッ。私のオマ×コが……娘の旦那さまの、オチ×ポにピッタリだなんて……。そんなはずが……ンハアァッ？　そこ、こすってはだめぇ〜っ」

判明した淫らな事実を懸命に否定するも、夫に抱かれた時より遥かに、隙間なく満たされる悦びが膣穴いっぱいに広がっている。

軽い抜き差しだけで鮮明に肉棒の感触が伝わる。

ブルブルと震える様子から、どれだけ悦んでいるかも理解できてしまう。

牝の本性を引きずりだそうとねちっこい腰使いを見せていた洋司も、いつしか蜜壺のもたらす快楽にのめりこみ、夢中になって腰を振りはじめる。

年下の男性が自分にしがみつき、なんとも心地よさげに表情を緩ませる姿に、園美の胸はドキドキと高鳴る。

あまりにも合致した互いの性器と、もたらされる圧倒的な快美感。

こうして結ばれるために、紆余曲折を経て二人は出会ったのではないか。

背徳的ながらもどこかロマンチックな考えが快楽で甘く痺れた脳に浮かび、園美はブンブンと首を横に振り否定する。

「アッアッ、ハアァンッ。だめっ、だめなのっ。娘の旦那さまに抱かれて、アンアンッ、セックスしているだなんて。キモチよくなっているだなんてぇっ」

連続して送りこまれる快感に、熟れた肉体も理性も緩んだか、洋司にしがみついた園美の唇から思わず本音がこぼれる。

取り繕うのも忘れた義母の蕩けた表情に、洋司は強い手応えを感じ、ますますリズミカルに腰を振りたてる。

「本当に素直でかわいい人だ、園美さんは。俺のチ×ポで感じてくれて、嬉しいですよ。くうぅっ！　マ×コが吸いついて、しゃぶりたててくるっ」

戸惑う貞淑な心とは裏腹に、肉欲を剝き出しにして牡を求める飢えた肉体。ネチョネチョと肉ビラを肉棒にまとわりつかせ、チュブチュブと吸いつき、絶頂と膣内への放出をねだる。

園美の本気の求めに、少しでも長く蜜壺の感触を堪能しようと堪えつづけていた洋司もまた、抑えようのない射精欲求が爆発的に膨れあがる。

「マ×コもイキたがってるなっ。イクよ、園美さん。ナカで出すぞっ！」

やがて告げられる、禁断の膣内射精宣告。

快楽に呑まれていた園美はハッと我に返るも、すでに悦楽の甘い痺れに酔わされきった肉体は抵抗できず、ふるふると弱々しく首を横に振るだけ。

「アァッ、そんな怖ろしいこと、してはだめぇっ。わたしは絵美の母親なのよ。もし万が一のことがあったら……」

「園美さん、自分は女としてはもう終わったって、さっき言っていたじゃないですか。きっと平気ですよ。それに、俺たち夫婦のために、なんでもしてくれるって言いましたよね。なら、よそで女を作らないように、俺のチ×ポは園美さんが管理してください。一緒に気持ちよくなれる、最高の親子関係でしょう？」

理不尽すぎる物言いと共に、洋司はググッと体重をかけて園美の豊満な肉体をギュムッと押しつぶし、逃げられぬよう抱きすくめる。

ヌブッヌブッと出し入れしていた肉棒を、根元までズップリ蜜壺へ埋めこむ。亀頭の先端でヌチヌチ、グニグニと膣奥を執拗に嬲り、互いの性感を極限まで高めてゆく。

「アヒイィ～ッ？　奥を、グリグリしないでぇっ。頭が真っ白になるぅ、アンアンッ、なにも考えられなくなってしまうぅっ」

娘婿の肉攻めに惑乱し、なすすべなく追い詰められる園美。

抗わねばならぬのに、覆いかぶさる逞しい体にひしっとしがみつき、憐れに救いを求める。

しとどにぬめる蜜壺がキュムム～ッと肉棒を搾りあげる極上の快感にビクビクッと怒張を震わせた洋司は、憧れの義母へ狂った劣情のすべてを叩きつける。

「なにも考えなくていい。あなたはもう、一人の女なんだ。自分の悦びだけを求めるんだっ。くあぁぁーっ、一緒にイクぞ、園美ぃっ!!」

二階に妻が寝ていることも忘れ、洋司はただ目の前の美熟女だけを求めて咆哮し、溜めこんだ大量の特濃精液をドビュルルルーッとしたたかに吐きだした。

「ンヒアァッ、ハヒイィィーンッ!? アツいっ、アツいわぁっ！ 奥にビチャビチャ、はげしく当たっているのぉ～っ！ アッアッ、なにかがこみあげてくる、おかしくなるぅっ。わ、わたし……イクッ！ イクウゥゥーッ!!」

亀頭に嬲られつづけて疼きの止まらなくなった膣奥へベチャベチャと勢いよく大量の白濁を叩きつけられ、狂おしくこみあげる圧倒的な絶頂感。

強弱の差はあれど、園美の知る限り、類する物は洋司に教えこまれたイクという感覚のみ。

熟れ肉を内から焼き尽くす目もくらむ怒濤の快楽に押し流され、もはや園美は洋司にしがみつきイクイクとはしたなく牝鳴きを撒き散らすしかなかった。

「ああっ、園美さんが俺のザーメンで、マ×コに射精されてイッてるっ。清楚な美人顔を台無しにして、色っぽすぎるイキ声をあげて……」

あまりに強烈な絶頂感に大きく反らした白い喉をヒクヒクと痙攣させる園美を、洋司は迸る射精の快楽に酔いしれ、うっとりと見つめる。

見開かれた瞳からは悔恨か、はたまた歓喜か、大粒の滴がこぼれ出る。

大きく開いた唇からピーンと赤い舌が突きだし、ビリッビリッと絶頂の痺れが襲うたびにピクピクと揺れた。

悦楽に溺れた義母の官能的な牝顔は、洋司の劣情をますます燃えあがらせる。

射精の止まらぬ肉棒をさらにグリグリと捻じこみ、子宮口をこじ開けて亀頭を埋めこんで、奥めがけて白濁をドビュルッ、ブビュルルッと幾度も注ぎこむ。

「アヒィ～ッ、ハヒイィ～ンッ！　もう、出さないでぇっ。オマ×コが、ドロドロに溶けてしまうのっ。アツいのが奥まで流れこんできて、ンハアァッ、おなかのなかまで焼けてしまうぅ～っ」

「ビュルビュル注がれるたびに、イキマ×コがギュッギュッて締まってますよ。園美さんの身体はやっぱり、愛されかわいがられるのを望んでいたんだ。今日からは俺が何度でも何発でも、満足するまで注いであげますからね」

激しすぎる絶頂におののき、いくら言葉で否定しても、肉体は淫らな反応を隠せない。

洋司は園美の本能がどちらを求めているかを正確に見抜き、快楽に呑まれた牝の肉体へさらなる絶頂を上塗りし、女芯にまで染みこませる。

「こ、こんな感覚を何度もだなんてっ。おねがいよ、これ以上はゆるしてぇ。ンアヒィッ？　またビュクビュク出てるわ、ベチャベチャ当たってるぅっ！　きちゃうっ、オマ×コが震えて、あの感覚がっ。くひぃんっ、イクッ、イクゥッ！」

「すっかりナカ出しでイクのがクセになっちゃいましたね。悦んでもらえて、射精のし甲斐がありますよ。うおっ、イキながらチ×ポを搾ってる。子宮口を亀頭に吸いつかせておねだりして、やらしすぎるマ×コだっ。また出すぞっ！」

膣内で射精が弾けるたびに、蜜壺がグネグネと淫猥にうねって歓迎する。注がれた精液でドロドロにぬめった媚肉をまとわりつかせて射精をねだれば、再び白濁がブビュルルッと噴きあがった。

互いの性器が交互に絶頂をもたらし、快楽の連鎖を生む。

結合部からは数度にわたる放出により膣穴で受け止めきれなかった残滓が大量に溢れ、二人の内腿は白濁でドロドロになっていた。

射精の快楽で痺れっぱなしの肉棒は、正常な機能が壊れたか、ぬめる膣襞に四方八方から揉みたてられて萎えるどころか反りたったまま。

肉欲にとりつかれた洋司は、射精を続けながら再び腰を振りはじめる。

大量の精液が潤滑油となり、グジュッグジュッと卑猥な汁音と共にスムーズに肉棒が出入りする。

絶頂の火照りが収まらぬ媚肉を熱く擦りあげられ、園美は悶絶する。

「アヒアヒッ、だめっ、もう動かないでぇっ。オマ×コがおかしいのよ。オチ×ポにこすられるだけで、アッアッ、イク感覚がこみあげてくるのっ。これ以上続けられたら、本当に狂ってしまう、こわれてしまうからぁっ」

強烈な絶頂の繰り返しにすり減った理性は、すでに消し飛ぶ寸前だった。

園美は意識を手放す瀬戸際で懸命に耐え、懇願し許しを乞う。

だが洋司はニッとなんとも楽しげに、園美にとっては酷薄な笑みを浮かべる。

終わりのない絶頂の繰り返しにおののく義母の黒髪を優しく撫で、耳元で囁いた。

「いいですよ、狂っても壊れても。俺がしっかり、抱きしめていてあげますから……。何度でもイッて、セックスのよさをムチムチの身体に刻みこむんだっ。二度と忘れないよう、俺のチ×ポの味をアクメしながらマ×コで覚えろっ！」

洋司の怒張が、再び園美の蜜壺にズブズブゥッと突きこまれる。

ズグンッと膣奥が亀頭で穿たれた瞬間、せき止めていた理性の堤防が決壊し、美熟女未亡人は絶頂の奔流に意識を呑みこまれた。

「オヒィィィッ、イクッ、イクウゥゥーッ!! 奥にオチ×ポ、当たってるっ！オマ×コがイキつづけてる、子宮も、洋司さんに突かれる感触を覚えてしまうぅっ。だめぇっ、イクのがとまらないわっ。イクッイクッ、イクウゥーンッ!!」

がっちりとのしかかられて逃れられぬ状態での、膣奥への連続突きと、最後のひとしぶきの放出。

園美は亡き夫も娘の存在も忘れ、牝獣と成り果てイクイクと淫らな咆哮を繰り返し、やがてプツリと意識を失った。

ダラリと弛緩する、はだけた喪服から露わになった汗まみれの熟れた肉体。

瞳はクルンと上向いたまま白目を剝き、緩みきった厚ぼったい唇からはテロンと舌が口外にこぼれ出ている。

洋司は憧れの義母が晒す凄艶なまでの絶頂顔を、大きな達成感と共にうっとり見惚れる。

手をかざして瞼を閉じてやると、憐れにヒクつく濡れ舌をパクリと咥えこみ、美味そうにジュルジュルとねぶる。

「気を失っちゃったか……。それほどに気持ちよかったんですね。悦んでもらえてよかった。まだ身体がピクピク震えてる。マ×コも射精の止まったチ×ポをチュブチュブしゃぶって……清楚な顔に似合わず、貪欲だなぁ」

意識のない園美ににんまりと笑みを浮かべて語りかけ、洋司はなおも緩やかに腰を使いだす。

射精快楽の痺れが残る肉棒は、機能が暴走したか、いまだ勃起しっぱなしだ。とはいえ、むしろ洋司には都合がよかった。

大量の精液が潤滑油となった蜜壺へ、ジュプッジュプッとゆったりしたペースで出し入れを繰り返し、ほぐれきった熟肉の感触を存分に味わう。

「ああ、気持ちいい……。やっぱり園美さんの身体は想像していた通り、いやそれ以上に最高だ。眠っていてもマ×コが柔らかくチ×ポを包みこんで、愛してくれる……。一度射精したくらいじゃ収まらない。まだまだ、味わいたい……」

抽送のペースは保ちつつ、洋司は園美の柔肌を手のひらで撫で回す。

すっかり真っ赤に染まった元は雪白の肌は、鋭敏さが増しているのかわずかな刺激にも意識がないまま身をくねらせ、甘い喘ぎを漏らす。

「んふあぁ……はあぁん……。あっあっ……ひあぁん……」

「園美さんも気持ちよさそうだ。意識がないぶん、羞恥心が邪魔をせずに素直に快感を受け入れてるのかもしれないな。なら……」

洋司は手だけでなく、唇も園美の火照った肌に寄せてゆく。

ムンと熟れた色香の増した未亡人のかぐわしい牝臭をじっくりと嗅ぎ、汗ばんだ肌に吸いつき、甘噛みして歯形を刻む。

うなじ、首筋、肌、二の腕……。しっとりとした肌へ男の痕跡を無数に刻まれ、園美はンッ、ンッと切ない喘ぎをこぼす。

「よ～く覚えておくんだぞ、園美。あなたの身体は、もう俺のモノなんだってことを……。どれだけ疼いても、清楚な園美が男漁りなんてできるはずがない。いずれ自分から、俺を求めずにいられなくなるはずだ……へへっ」

肢体をくねらす園美に語りかけ、蕩けた柔乳へ手を伸ばす。

ムニッムニッと極上の揉み心地を堪能しては、口いっぱいに咥えて乳肉の感触を味わい、乳輪ごと乳首をジュパジュパと吸いたてる。

乳愛撫により生じた甘い痺れが、膣内の媚粘膜もウネウネとぞよめかせる。

男にすがる悦びを覚えてしまった媚肉は、無意識下でヌチュヌチュと肉棒を揉み搾り、甘やかにしゃぶりだす。

激しく腰を振りたてたい衝動に駆られるも、園美が目を覚まさぬように洋司はあくまで緩やかな抽送ペースを保ち、じわじわと快楽を送りこみつづける。

「あん、あん……んはぁ……。いくぅ……いくぅん……」

軽いアクメを迎えたのか、園美は目を閉じたままピクピクッと肢体を小さく痙攣させる。

キュッと両手で肩にすがりつき、トロンと美貌を緩ませる様は、年を感じさせぬ愛らしさで洋司の胸を熱くする。

扇状に広がったつややかな長い黒髪を優しく撫で、頬にそっと口づけをする。

寂しさに耐えてきた義母が今ひと時は幸せな夢から目覚めぬよう、洋司は幾度もじっくりと快楽を届けるのだった。


「んん……うぅん…………」

ジーンと身体の芯に残る甘い痺れに、園美は寝返りを打つ。

それでも火照りが取れず、ゆっくりと目を覚ます。

ぼんやりと霞んだ目を壁の柱時計に向ければ、時刻は明け方近くのようだ。

頭のなかはぼーっと痺れており、昨晩の記憶が思いだせない。娘夫婦と妹が夫の三回忌に訪れ、皆で食事をした。その際、娘婿にねぎらわれて軽くお酒をいただいたところまでは覚えているのだが……。

「なんだか、ひどく寝汗を掻いたみたい。シャワーでも浴びましょう……」

肩まで覆っていた掛け布団を捲ると、いつの間に着替えたのだろう、園美はパジャマに身を包んでいた。

枕元には、少々ぎこちなく喪服が畳まれている。

園美はそれらの違和感にまで頭が回らず、布団を抜けだしフラフラとおぼつかない足取りで浴室へと向かう。

脱衣所でパジャマを脱ぐと、なぜだか下着は身につけていなかったが、深く考えずに浴室へと足を踏み入れる。

コックを捻り、熱いシャワーを頭から浴びる。

肢体にまとわりついていたぬめる感覚がようやく洗い流されてゆき、園美はほうっと安堵の息を吐く。

だが、身体の火照りはなかなか収まらなかった。

じっとりと汚辱感が柔肌にへばりつき、今もなおジクジクと侵食されているようで、背筋がフルフルッと震える。とはいえ不思議と、不快ではなかった。いまだぼーっとしつつ浴室の鏡にチラリと無意識に視線を向けると、園美はようやくハッと我に返る。

水滴でしっとりと濡れたほんのりと朱に染まった柔肌に、いくつもの接吻の痕や歯形が刻まれているのを目の当たりにしたのだ。

「あ……ああっ！　わ、わたし……昨夜は、洋司さんとっ……」

途端、鮮明に脳裏へ呼び起こされる昨夜の秘め事。

あまりの怖ろしさと湧きあがる羞恥に足がガクガク震え、園美はペタンと浴室の床にへたりこむ。

両手で頰を押さえ、絶望の表情を浮かべ、両肩をひしっと抱いて縮こまる。それでも背筋を襲う怖気は止まらない。

と、下腹部がズクンと熱く疼いた。

先ほどまでは全身がぬるついていて気がつかなかったが、シャワーで肌からぬめりを洗い流したことで、膣内に残る粘つく体液の感触がはっきりと広がる。

「た、たいへんっ。早く、洗い流さなくちゃっ」

園美は慌ててシャワーのノズルを股間に当てる。

だが眠っている間も続けられた性交で感度のあがっていた媚肉は、シャワーの水流に鋭敏に反応してしまう。

園美はビクビクッと肢体をうち震わせ、腰砕けになる。

上体を床に突っ伏し、尺取虫のごとく尻だけを突きあげる。

ヒクヒクと肢体をわななかせながらも、なんとかノズルを遠ざけた。

「アヒィッ!? だ、だめ……敏感すぎて、シャワーの勢いじゃ流せないわ……。指で、ンアァ、そっと掻きださないと……」

おそるおそる右手を股間に伸ばし、細くしなやかな指を洋司の肉棒の形にくつろげられたままの膣口へゆっくりと差し入れる。

「アンッ、アンッ……。触れるたびに、アソコがピリピリして……。でも、くふぅ、このままにしておくわけには……。もし、妊娠なんてしてしまったら、絵美に顔向けできないわ。洋司さん、どうしてこんな、ひどいことを……」

愛する娘の心を傷つけるわけにはいかない。

園美はひと撫でごとに媚肉から生じる甘い痺れに耐え、娘婿の残した劣情の証を懸命に掻きだしてゆく。

やがて指使いに反応し、膣奥から愛蜜がトロトロと滲み出てくる。

膣内にこびりついた精液も少しは薄まるはずと、少しだけ安堵する。

娘を産んだのは、もう二十年以上も前なのだ。いくら洋司が逞しく子種が濃厚でも、今さら着床などするはずがない。必死に己へ言い聞かせる。

そう思いこまねば、到底理性を保っていられなかった。

それでも念のため、とチュクチュクと指で膣襞を撫でているうちに、気づけば園美は目的を見失っていた。

洋司の肉棒の感触が色濃く残る媚肉が切なく疼きだし、自ら慰めねば収まりがつかぬ状態に陥ってしまったのだ。

「アッアッ……んくうぅっ。わたしったら、なにをしているの。娘の旦那さまに抱かれたことを思いだして、こんなはしたない真似を……ハアァンッ。洋司さんのせいよ……あなたがわたしを、狂わせて……ンハアァッ」

穏やかな気質の未亡人は、不埒な娘婿に恨み言をこぼすも心からは憎めない。むしろ四十を超えるまで知らなかった快楽を女芯深くへ刻みこんだ手管と逞しさに、腰は震え子宮は疼き、胸が熱く焦がされる。

園美はコロリと仰向けに転がり、注がれた子種を掻きだすとの名目で、悦びを知った蜜壺をクチュクチュとぎこちなく慰める。

潤んだ瞳を己の身体に向ければ、たわわな乳房には無数の歯形とキスマークが残され、ジーンと微熱を放っていた。

「ンアァ、ひどい、ひどいわ……。洋司さんたら、わたしのお乳をこんなにイジメて……。あついわ、うずくのよ……。どうにか、鎮めないと……くふぅんっ」

右手で秘唇を掻き回したまま、左手を重力に引かれてムニュリと広がった柔乳に添える。軽く触れただけで指がツプリと沈み、快楽が滲み出る。

ここまでだらしなく蕩けていただろうか、とぼんやりと考えながら、刻まれたキスマークと歯形を指先でツッッとなぞる。

途端、ピリピリッと快感が溢れだし、園美は浴室の床の上で豊満な肢体を悶えくねらせた。

「アハアァッ。胸で、これほど感じるなんて、はじめて……。あの人は、もういないのに……わたし、どうしたらいいの……？　オマ×コも、疼きがとれない……自分では、もう……。おねがい、誰か……どうにかしてぇ……アハァンッ」

園美は左手で乳房を揉い、洋司の刻んだ歯形に沿って舌をなぞらせてはピクピクと喘ぎ悶える。

目的を忘れた右手の中指は、ツプツプと蜜壺に沈む。

切なく泣き濡れる媚粘膜を娘婿の指を真似てソリソリと撫で、湧きあがる快感にククッと腰を浮かせる。

夫はもう、この世にはいない。

かといって、自己評価の低い園美は今さら新たなパートナーを探そうなどと思い至らない。

脳裏に浮かぶのは、年を重ねた自分へ美しいと囁いてくれ、実際に狂おしく猛る様をこれでもかと見せつけた洋司の顔。

娘を産んで二十年以上、四十三にして牝の悦びに目覚めた美熟女未亡人。

破廉恥にも娘婿の温もりを求めてやまぬ熟れた肉体を、園美は初めての自慰で掻くも懸命に抑えこむのだった。


一時間ほど浴室で嬌声を響かせ悶え鳴いた園美だが、結局は己の指では洋司に抱かれた時ほどの悦びを得られなかった。

やがて重い身体を引きずって自室に戻ると、しばし泥のように眠った。

その後、再び目覚めたのは、規則正しい生活が習慣づいた園美には珍しく昼前だった。

だるさを覚えつつも、訪ねてくれた娘夫婦のために園美は昼食を振る舞った。

「ん〜っ。やっぱりママのご飯は最高に美味しいな〜」

人妻となっても幼さの抜けない娘の絵美は、母の変化にまるで気づきもせず、久々に味わう手料理に舌鼓を打っている。

「なら、絵美もお義母さんの味を盗んでくれよ。家でもこの玉子焼きが味わえたら、俺も嬉しいしさ」

娘婿は穏やかに微笑み、絵美に軽口を叩く。

園美を肉欲に狂わせたことなど忘れてしまったかのような振る舞いが、少しだけ憎らしく映る。

「え〜、無理だよ。前に教えてもらったけど、どうしても同じ味にならなかったもの。そうだっ。一緒に暮らせば、ママに毎日ご飯を作ってもらえるね」

「えっ。あなたたちと、一緒に……」

無邪気に笑う娘とは違う想像で、園美の胸はドキンと震える。

「おいおい、無理を言うなよ。お義母さんにも都合ってものがあるだろ。まあ、俺としては……毎日オイシイ目にあえるなら、同居も大歓迎ですけどね」

ニヤリと笑い、娘婿は妻に気づかれぬよう、視線を園美の肢体にネットリと絡みつかせる。

園美は思わずコクリと唾を呑みこむも、なんとか母の顔を取り繕い、名案に目を輝かせる娘に答えた。

「だ、だめよ。あなたたちの結婚生活の、邪魔になりたくないもの。けど、そ、そうね……一応、考えておくわ」

完全には否定しなかった義母を、洋司はニヤニヤと見つめていたのだった。


こうして夫の三回忌を区切りとして終え、園美は日常へと戻っていった。

洋司に教えこまれた快楽を身体が思いだし、夜泣きに苦しむ晩もあった。

それでも日中は新たな趣味となったベリーダンスに打ちこみ、溜まる肉欲をわずかずつだが踊りで爽やかに発散し、己を律していた。


ところが一月ほど経った後、思いがけぬ環境の変化が起こる。

娘が口にした戯れが、まるで園美を試すかのごとく現実となって降りかかるのだった……。

第三章　あなたのおかずにして　性玩具にされる悦び

残暑も和らぎ秋の気配が色濃く漂いはじめた、十月第一週・土曜日の正午前。

薄手の白いセーターとゆったりとしたブラウンのスカートに豊満な肉体を包みこみ、淡いピンクのエプロンをした園美は、一月ぶりに娘夫婦を出迎えた。

「いらっしゃい、絵美、洋司さん。お久しぶりね」

朗らかに微笑む母へ、洋司の妻である絵美は両手を広げて無邪気に抱きつく。

「久しぶり～、ママ。ううん、ただいま、かな？　これからはまた一緒に暮らせるね」

そう。

本日から洋司と絵美の夫婦は、義実家にて義母の園美と同居を始めるのだ。

以前から絵美は、夫を亡くし独り身となった園美を案じていた。

義父の三回忌での再会を経てますます想いが強くなった頃、ちょうど洋司に、会社から義実家近くの営業所への転勤話が持ちあがった。

洋司が打ち明けると、絵美は引っ越しに難色を示すどころか大賛成し、義母との同居を率先して取りまとめた。

娘夫婦による同居の申し出に、思うところあるのか、はじめは歯切れの悪かった園美だが、結局は愛しい娘にほだされて受け入れてしまったのだった。

園美のふくよかな胸へエプロン越しに顔を埋めて擦りつけている絵美を、洋司は妻として愛らしいと感じる。

一方で、肉欲の対象として映るのは義母のたわわな膨らみの方だった。

「もう。甘えん坊ね。洋司さんが呆れているわよ」

まとわりつく娘をたしなめる園美だが、柔和な美貌には笑みがこぼれ、声も弾んでいた。

「いえ。絵美が喜んでいるなら、なによりですよ」

洋司はよき夫の仮面をかぶり、妻の頭をポンポンと撫でる。

娘夫婦の関係にひびが入っていない様子に、園美はホッと胸を撫で下ろした。

と、きゅるる～っ、と小さな音が鳴る。

玄関まで漂ってくる揚げたての唐揚げの匂いに、絵美の腹の虫が反応したようだ。

「えへへ。お腹すいちゃった。ママの手料理、楽しみにしてたんだ～」

「あらあら、この子ったら。それじゃ、お昼ご飯にしましょうか」

園美の提案に、絵美は待ちきれないとばかりにトテテと廊下を駆けていった。

楽しげな娘の後ろ姿を見ると、自然と頬が緩む。

不安を抱いていた娘夫婦との同居生活だが、この調子ならば問題ないはず。

そう安堵する園美の背中に、スウッと忍び寄る影。

次の瞬間、ゆったりしたスカートに包まれた無防備な豊満尻は、ムニュッと背後から鷲摑みされていた。

「ひゃんっ⁉ アァッ、洋司さん、なにをっ……」

熟れ肉を熱く揉みしだかれる感触と、楽観的な希望をたちまち打ち砕かれた衝撃に、園美は驚きで声を裏返らせ目を丸くして振り返る。

洋司はニヤニヤと笑みを浮かべ、右手で無遠慮にグニグニと園美の尻たぶを揉みたくる。

空いた左手の人差し指をピンと立て、おののく園美のぽってりした唇に添えた。

「シーッ。大きな声を出すと、絵美に気づかれちゃいますよ。相変わらず敏感な身体だ。反応を見るに、あれから他の男には触らせていないみたいですね」

「あ、当たり前でしょう。そんな破廉恥な……。アッ、アッ。や、やめてちょうだい。いったいなにを考えているの。今日から一緒に暮らすというのに……」

新しい交際相手がいると偽れば娘婿をためらわせることもできたはずだが、変わらず寂しい一人の夜を過ごしていると園美は貞淑さゆえに打ち明けてしまう。

隠し事のできぬ義母を好ましく見つめ、洋司はピトリと背中に貼りつく。

ズボンを押しあげる怒張が、グリグリと尻肉に当たる。

「一緒に暮らすからこその、挨拶ですよ。ウチは相変わらずセックスレスでね。色っぽいお義母さんと同居するってんで俺はムラムラしっぱなしなのに、絵美はすっかりはしゃいで、気づきやしない。ひどいと思いませんか?」

「アンッ、アンッ。やめて、硬いのを押しつけないで……。気の回らない娘で、申し訳ないとは思うけれど……わたしに、どうしろというの。おねがいよ。あの子を裏切るような真似だけは、させないでちょうだい……」

娘婿の卑猥な悪戯を耐え忍び、園美は潤んだ瞳で振り返り、懇願する。

激昂し突き飛ばすような真似をしないのは、ひとえに騒ぎを大きくして娘に心配を掛けぬためだろう。

己よりも娘を大切に想う慈愛の深さに、洋司はますます義母へ魅了される。

「わかってますよ。俺だって絵美のことは大事に思ってますから。でも、男ってのは理性じゃ抑えきれないものもある。だから……お義母さんには、俺のオカズになって、性欲の処理に協力してもらいたいんですよ」

「オ、オカズ……？　以前もたしか、言っていたわね。だめよ、いやらしいことはできないわ……」

布越しでも尻たぶに伝わる卑猥な熱から逃れようと、園美は腰を前へ逃がす。洋司は許さず、腕を回してグイと後ろへ引き寄せ、さらに怒張を押しつける。

「ええ。お義母さんはなにもしなくていいですよ。俺が勝手に、ズリネタにしてチ×ポを扱きますから。これから毎日、一緒に暮らしながら、ムチムチの身体をじっくり目に焼きつけさせてもらいます。園美さんは俺の、生オカズです」

「アァッ。わたしを思い浮かべて……おしりに当たっている大きくて硬いモノを、自分で慰めるというの……？　そんな……そんな卑猥なこと……はうぅ」

あまりに破廉恥な提案に、脳がクラクラと揺さぶられる。

「ま、今日は記念すべき同居開始のサービスってことで、おっきなお尻の感触を確かめさせてもらいましたけどね。明日からは、俺からは手は出しません。園美さんの方からおねだりでもされない限りは、ね。悪い条件じゃないでしょ？」

「す、するわけないでしょう。はしたない、おねだりなんて……。本当に……見るだけ、なのね……？」

洋司の卑猥な軽口をたしなめつつ、園美は改めて念を押す。

娘婿の欲望の対象になるなど、本来なら許されるはずがない。

だが、滾る牡の劣情をせき止める手段が他にあるわけもなく。

逡巡する園美の耳元へ、洋司は囁きかける。

「はい。約束は守りますよ。もっとも、園美さんがどうしても嫌だというなら……どこかで、処理してくるしかないかなぁ。その場合は、自分でするだけじゃすまないとは思いますけどね」

洋司の呟きに、園美はビクリと肩を震わせる。

「だ、だめよ。浮気はだめ。絵美を、悲しませないであげて……」

母として、娘を裏切りよそで女を作る娘婿の不貞を見逃すことはできない。

加えて、洋司が見知らぬ女を抱くのを想像しただけで、胸がギュッと締めつけられた。

追い詰められ冷静に思考が働かぬ園美には、たとえはしたないとそしりを受けようとも、洋司が一人で発散するのを黙認するしかなかった。

「……わかったわ。あなたがそれで落ち着いて、絵美の優しい旦那さまでいてくれるなら……好きにしてちょうだい」

とうとう観念し受け入れた園美に、洋司はニヤリとほくそ笑む。

「へへっ。そう言ってくれると思っていましたよ。じゃあ、今日から園美さんは、俺のとびきりのオカズ女ですからね。ほら、自分でも宣言してください」

洋司の勃起がペチンと園美の肉尻を打つ。

カァッと羞恥に脳が沸騰したものの、卑猥な肉欲の対象となるのを了承した以上、拒むことはできなかった。

「アンッ。触らないって約束したでしょう。……い、言うから。わたしは、今日から……洋司さんの、オカズよ……ふあぁっ……」

吐息交じりの淫らな宣言と共に、ふるふるっと豊満な肢体を震わせる園美。

洋司はゴクリと生唾を呑み、今すぐ押し倒したい衝動に駆られる。

それでも、せっかく貞淑な義母に淫靡な関係を承諾させたのだ。

いきなり劣情に身を任せて信用を損ねるわけにはいかない。機会はきっと、いずれ訪れるはずだから。

と、いつまでも玄関先にとどまったままの二人が気になったか、絵美がリビングからひょっこりと顔を出した。

「二人とも、どうしたの？　早くお昼ご飯を食べようよ」

絵美の明るい声に、玄関先に満ちていた淫猥な空気が霧散する。

「そ、そうね。お昼にしましょう。洋司さんも、いいわよね？」

母の顔に戻り取り繕う義母に、洋司もよき夫の仮面をかぶり直し、にこやかに頷く。

「ええ。そうしましょうか。ごめんな、絵美。お義母さんと、これからのことを少し話しこんでいたんだ。愉しみだな、明日からの生活が……」

含みを持たせた洋司の言葉に、園美はフルフルッと背筋を震わせたのだった。

そして始まった、娘夫婦との三人での生活。

掃除機をかける際、前屈みになった豊満な尻に。洗濯物を干すたおやかな後ろ姿に。

娘と並んで夕飯の支度をするエプロン姿にも、娘婿の視線は遠慮なくじっとりと絡みついてきた。

四六時中、熱視線で凌辱されているようで、園美は四十過ぎにして牝の悦びを覚えた熟れた肢体が火照って仕方がなかった。

それでも洋司は約束をきちんと守り、身体に手を伸ばしてはこなかった。

娘の絵美は夫の股間が不埒に膨らんでいるのにまるで気づかず、久方ぶりの母との生活に楽しげな笑みをこぼすばかり。

やはり、無邪気に育ちすぎただろうか。

娘を大切に想ってくれるがゆえに、夜の生活を強要せず己を抑えこんで夫婦仲を良好に保とうと努める洋司を、気の毒には思う。

だからといって行き場のない劣情を、いい年をした自分に向けられ、戸惑うばかりであったが。

夕食後、入浴のために浴室へと向かった園美は、ようやく訪れた一人の時間にほうっと深い安堵の息を吐いた。

シャワーのコックを捻り、火照った身体に熱い湯を頭から浴びる。

緊張から解き放たれ疲労が洗い流されてゆき、自然と上機嫌に鼻歌が漏れる。

とその時、キィッと小さく浴室の扉が開く音がした。

「だ、誰っ？　誰かいるの……？」

園美は慌てて振り返り、扉の向こうへ尋ねる。

曇りガラスには、ぼんやりと何者かのシルエットが映しだされている。

しかし、返事はない。隙間から、ジッとこちらを窺っている。

娘の絵美ならば、甘えた調子で一緒にお風呂に入ろうと誘ってくるはず。

となれば、覗いているのは娘婿に他ならない。

洋司はただ息を殺し、園美の入浴姿を盗み見ている。

浴室に押し入り、押し倒そうとのつもりはないようだ。

（アァ……。また、わたしを見ているのね。いやらしい目で、股間を膨らませて……。わたしが……オ、オカズになると、約束したから……）

義母として、当然叱りつけてよい状況のはずだ。

だが、激昂した洋司にもしも乱暴に組み伏せられたらと思うと、足がすくむ。

大騒ぎした結果、洋司の本性を絵美が気づいてしまったら……。

自らが夜の生活を遠ざけたせいで夫が自分の母親に劣情を募らせたと知った時、娘がどれほどのショックを受けるかと思うと、迂闊な真似はできなかった。

（気にしてはだめ。彼は、見ているだけと約束してくれたもの。わたしさえ堪えれば、洋司さんはイケナイ気持ちを発散して、夫婦仲は保たれるのだから……）

園美はあえて扉の前の存在に気づかなかったふりをし、再びシャワーを顔から浴び目を閉じる。

気づけば乳房も尻たぶも先ほどまで以上にじんわりと熱を持ち、水流が当たるたびに悩ましい感覚が湧きあがる。

温水に打たれて腰をくねらせる美熟女未亡人のしっとりと潤った赤く火照る肌を、扉の向こうの何者かは息を殺し、無言で見つめつづけていた。

やがて熱視線に耐えかねた園美は、逃げるように浴槽へ飛びこんだ。

湯に浸かり、ギュッと肩を抱きしめ肉体の疼きが収まるのを待つ。

しばらくすると、扉の向こうから気配は消え、隙間もピッチリと閉じていた。

園美はホッと安堵の息を漏らす。

今思えば、洋司の視線を過剰に意識するあまり、覗かれていると錯覚したのかもしれない。

しばし湯で肢体をほぐして落ち着きを取り戻し、園美は浴室から出る。

水滴の滴るつややかな黒髪をバスタオルで拭っていると、入浴前に脱いで洗濯籠に入れたはずの白い下着が、不自然に脱衣所の床へ落ちていた。

拾いあげてみれば、大量の水分を含んだずしりと重たい感触がした。

布地に染みこんだ白濁した液体の正体に気づいた園美は、大きな衝撃を受け、へなへなとその場にへたりこむ。

「アァッ？　洋司さん、なんてことを……。わたしの下着に、いやらしい欲望を吐きだすだなんてぇ……」

やはり、洋司は扉の前にいたのだ。

入浴姿を覗くだけでなく、残り香の染みついた脱ぎたての下着へ大量の精を吐きだし、今日一日で溜まった劣情を処理していったらしい。

おぞましいと感じるも、園美は残滓で汚れた下着を投げ捨てられなかった。

ムワムワと立ち昇る濃密な精臭が、あの日膣内へさんざんに注ぎこまれた粘つく感触を思いださせ、熱く蕩ける官能を呼び起こす。

園美は白濁の滴る布地へ無意識に鼻を寄せ、スンと匂いを嗅ぐ。

「ふひあぁっ！　ひどい、ニオイ……。こってりと濃いお汁を……スンスン……ドロドロに煮詰まるまで、溜めこんでいたのね……んふあぁっ」

鼻腔を痺れさせ脳をグラグラ揺さぶる、むせるほどの精臭。

こんな物を日々溜めこみ、吐きだすあてもなく暮らす気持ちは、いかほどか。娘が妻として不甲斐ないばかりに洋司へ我慢を強いているかと思うと、申し訳ない気持ちで胸が締めつけられる。

せっかく入浴したばかりだというのに、秘唇がクチュリとぬめりだす。

園美は熱に浮かされたような顔で、娘婿の残した破廉恥な汚濁をぼんやりと見つめる。撒き散らされる牡臭に酔わされ、なまめかしい吐息を漏らす。

すっかり娘婿の劣情にあてられた未亡人は気づかない。

脱衣所の扉もまた小さく隙間が開き、卑猥な罠へ見事に絡め取られた美熟女の姿は、しっかりと洋司に視姦されていたのだった。

入浴を終え寝床に入ったものの、園美はなかなか寝つけずにいた。

寝室は畳敷きの和室のため襖で仕切られており、鍵がない。

もしまた気づかぬうちに開けられたわずかな隙間から無防備な寝姿を覗き見られていたらと思うと、身体の火照りが鎮まらなかった。

秋の夜長に寝返りを繰り返し、一時間ほど無為に過ごした頃だろうか。

喉の渇きに耐えきれなくなった園美は、布団を抜けだしパジャマ姿でフラフラと廊下に出た。

台所へ向かい、冷蔵庫を開け冷水を取りだす。

喉を流れ落ちるヒンヤリとした感触に、園美はようやくひと心地つき、ほうっと吐息を漏らした。

と、リビングから漏れる薄明かりが視界の端に入った。

一瞬、泥棒でも入ったかとビクリと背筋を震わせた園美だが、今日から娘夫婦と同居を始めたのを改めて思いだす。

念のため、扉に近づきリビング内の様子をそっと覗き見る。

目に飛びこんできたのは、予想だにしない驚きの光景だった。

ソファーにどっかりと下半身丸出しで腰掛けた洋司が、天井を向く長大な肉棒を誰はばかることなくガシュガシュと扱きたてていたのだ。

「アァッ？　洋司さん、あんなところでなんてことをしているの……」

同居を開始した途端に我が物顔に振る舞う傍若無人さよりも、園美の視線は憤る娘婿の怒張に吸い寄せられる。

先ほど脱衣所でしたたかに園美の下着を汚しておいて、まだ溜めこんだ劣情が発散されぬというのだろうか。

初めて目の当たりにする男の自慰の荒々しさに、思わずゴクリと唾を呑む。

そして興奮に血走る洋司の目が、左手に持った写真立てへ向けられているのに気づいた。

「あ、あの写真はっ。わたしの、ベリーダンス衣装の……」

ベリーダンスを習いはじめた記念に、講師である妹の由利と衣装姿で撮った一枚の写真が今、娘婿の欲望にギラつく視線に晒されている。

夫の三回忌の日にセクシーだとうそぶいた言葉は、決してからかいではなく、本心だったのだ。

羞恥と背徳の興奮で肢体がカァッと燃え盛り、真っ直ぐ立っていられず、園美は内股になりリビングの扉へすがりつく。

その間も、洋司は自慰により射精へ向けて己を昂らせている。

園美の艶姿を見つめて小声でなにかを呟いており、聞いてはならぬと思いながらも、耳を澄ませてしまう。

「一緒に暮らしてわかったけど、園美は無防備すぎる。歩くたびに大きな胸と尻が揺れて男を誘っているのを、まるで気づいちゃいない……。妻とセックスレスの俺にはどれだけチ×ポに響き、目の毒かわかってるのか。このっこのっ！」

娘婿としての礼儀正しい表の顔と、男として迫ってくる時の慇懃無礼な態度しか知らない園美は、洋司の秘めた牡の獰猛な一面を垣間見て動揺する。

ドキドキとけたたましく高鳴る胸が苦しくてたまらず、パジャマの上から乳房をグニュウッと摑む。

媚肉の疼きが切なくて、内腿を必死で擦り合わせる。

「オカズになる」との意味をようやく真に理解し、いかに迂闊で破廉恥な約束を結んでしまったかを痛感した未亡人。

娘婿はなおも滾る劣情を写真のなかで微笑む義母にぶつけている。

「まさか、清楚な園美がベリーダンスなんて大胆な趣味にハマるなんてな。臍丸出しの露出ドレスで乳とケツを揺らして踊って、男が寄ってきたらどうするんだ。許さないぞ。ムチムチのスケベボディは俺のものだっ。くおぉぉっ！」

興奮と射精欲求が頂点まで高まった洋司は、手にした写真立てをリビングのテーブルに置き、立ちあがる。

ギラついた目で義母の妖艶なドレス姿を見下ろし、ガシュガシュと肉棒を扱き抜き、ドビュルルルッと勢いよく白濁をぶちまけた。

「はうぅっ！　よ、洋司さんが……わたしの写真を、ドロドロに汚して……」

自分よりも遥かに若くスタイルもいい妹には目もくれず、娘婿は園美の艶姿のみを目で犯し、大量の精で真っ白に塗りつぶす。

後頭部を殴られたようなあまりの衝撃に、園美はへなへなと腰砕けになる。へたりこむ際に、もたれた扉がカシャッと小さな音を立てた。

白濁まみれの写真立てをニヤニヤと満足げに見つめていた洋司が、ゆっくりと首を捻る。

園美は漏れそうになる悲鳴を慌てて右手で口に蓋をして押さえ、四つん這いで無様に、ほうほうのていで廊下を逃げ帰る。

ゆっくりと後ろから近づく気配に怯え、なんとか自室へ戻ると、襖を閉めた。

寝床に戻り、頭まですっぽりと掛け布団をかぶる。

悪い夢を見たのだと思いこみ、声を殺し、身体を小さく丸める。

(アァッ。おねがい、洋司さん。どうか、訪ねてこないでぇっ……)

娘婿に気づかれていないのを祈る一方で、背徳の炎が燃え盛る熟れた身体を持て余し、悩ましく身を捩る。

園美は左手の人差し指をクッと噛み、右手を股間に伸ばす。

下着のなかに手を差し入れ、チュクチュクと涙を流す秘唇をスリスリと撫で、逞しい娘婿に身を委ねてしまいそうな己を懸命に慰めた。

そんな義母の様子を、部屋の前まで訪れて音を立てずに襖を小さく開けた洋司は、ニヤリと笑みを浮かべたまま黙って見つめていた。

丸まった布団がピクピクと揺れるたび、内側でなにが行われているかと想像すると、頬がにやけてたまらない。

だが、まだだ。憧れの義母との淫靡で刺激的な同居は、始まったばかり。

今はただ、清楚な園美の理性に淫らなひびが入ってゆく様をほくそ笑んで眺める洋司だった。


翌、日曜日。

疼きと火照りを引きずりつつもなんとか布団から這いだした園美は、リビングへと向かう。娘夫婦はまだ、目覚めていないようだ。

ベリーダンス衣装に身を包んだフォトを飾る写真立ては、元通り棚の上に戻されていた。ぶちまけられた白濁も、綺麗に拭い取られ痕跡も残っていない。

やはり昨夜目撃した光景は、娘婿の存在を意識しすぎたために見た悪い夢ではなかろうか。園美はホッと安堵の息を漏らす。

とその時、写真立てからフワリと濃密な精臭が立ち昇った気がした。

臭気に反応し小鼻がヒクヒクと震え、園美はコクリと唾を呑む。

それでもブンブンと首を横に振り、平穏な日常を守るため、未亡人は真実から目を背けることを選んだ。


午後になり、園美は今一番の楽しみである、ダンス教室へとやってきた。

ベリーダンス教室の参加者は全員が女性で、洋司の心配は杞憂だった。

練習着である赤のトップスとレギンスに身を包んだ園美は、このひと時は娘婿の存在を忘れ、無心に舞い踊った。

だが、一説によるとベリーダンスは、情熱を込めた求愛の踊りであるという。

踊りつづけるうちに園美の脳裏に浮かぶのは、亡き夫の顔ではなく、娘婿の熱視線と逞しい体軀。

頭から振り払おうと熱を入れれば入れるほど、ここにはいない洋司の視線が薄布に押しこんだ豊満な肢体に絡みつくのを想像し、肢体が火照る。

雪白の肌がパァッと朱に染まり、湿り気を帯びた吐息が弾む。

跳ねる乳房、揺れる尻たぶ。腰がくねるたびにひしゃげ形を変える臍の窪み。

洋司にとってはすべてのパーツが、淫らな性の対象なのだろう。

娘婿に抱かれ淫らに踊り狂ったあの情熱的な一夜が、鮮明に思い起こされる。

胸の先端が硬くしこり、子宮が切なく疼く。

洋司の卑猥な視線から逃れたいのか、もっと熱く見つめてほしいのか。

自分でもはっきりとはわからぬまま、園美は悩ましい肉付きの肢体を揺らし、湧きあがる情熱にひたすら身を任せたのだった。


レッスンを終え、床に腰を下ろし汗を拭いていると、講師でもある妹の由利がドリンクを手にそばへとやってきた。

「おつかれさま、姉さん。今日の踊り、気持ちが入っていたわね。思わず私も見入ってしまうほどだったわ」

身内の世辞ではなく講師としての褒め言葉に、園美ははにかんで微笑む。

「そんな。わたしなんてまだまだよ。由利の指先までピンと神経が通ったしなやかで綺麗な動きには、到底及ばないし……。身体についたお肉も、なかなか落ちてくれないのよね。スタイルのいいあなたが羨ましいわ」

園美は由利の腕を取り、すべらかな肌を撫でる。

三十代半ばだが、まだまだ水を弾く健康的な肢体には、同性として羨望を抱かずにいられない。

「フフ。ありがとう。けれど、ベリーダンスは肉付きのいい身体の方がセクシーに見えるのよ。私は食が細いせいか、どうしてもお肉がつかないの。姉さんの女らしい体つきの方が、私には魅力的に思えるわ」

ともすれば嫌味と取られかねないが、由利の言葉は本心だった。

彼女もまた、熟れた色香を滲ませる豊満な姉の肉体を羨ましく思っていた。

いまだ連れ合いを見つけられぬ自分よりも、早くによい人と出会い子宝にも恵まれた姉の方が幸せな人生を歩んでいるのではと思え、少しだけ妬ましかった。

ここ一月ほどで踊りの質が変わってきたのも、新しいパートナーが見つかったためだろうかと気になり、由利は鎌をかけてみる。

「ねえねえ。もしかして……好きな人でもできたの？　普段の姉さんとは別人の、情熱的な腰使い……誰かを思い浮かべて踊っていたんじゃない？」

由利の問いに、園美はたちまち顔を真っ赤にして動揺する。

「い、いないわよ、そんな人。好きな人、だなんて……」

両手で紅潮した頬を押さえ、恥じらいもじもじと俯く様は、まるで恋する少女のようだ。

いい年をして、と馬鹿にはできぬ年を重ねてもなお滲み出る可憐さが、男に愛される秘訣なのか。由利の胸を嫉妬の炎がチリッと焦がす。

反応を見るに、やはり想いを寄せる相手はいるらしいが、心当たりはない。

姉が早くに結婚を決めたのも、近所に住む年上の幼馴染から学生時代に交際を申しこまれ、関係が続いてのものだった。

受け身気質の姉が、四十を超えた今になり、自分から心を奪われた相手とは。

強く興味を惹かれた由利は、おっとりした世間知らずの園美が悪い男に引っかかったのではないか監視する意味合いも含め、より注意深く見守ることにした。

一方、園美は踊る最中に脳裏に浮かんだ娘婿へ好意を抱いているのではと指摘され、己の気持ちが自分でわからず、ますます動揺を深めるのだった。


はじめは戸惑いの多かった娘夫婦との同居だが、約束通り洋司が強引に迫ってくることもなく、園美は次第に落ち着いた生活を取り戻していった。

とはいえ絡みつくような熱視線を感じることは度々あり、チラリと様子を窺えば、ニヤニヤと笑みを浮かべた娘婿は決まってズボンの前を膨らませていた。

豊満な肢体を常に視姦され、淫靡な熱で柔肌を炙られる背徳感。耐えきれなくなると園美は一人になれる場所へ逃げこみ、寝室のみならず浴室やトイレでも、疼く股間を自らの指で慰めた。

貞淑だった未亡人は、四十を超えた今になり、娘婿に官能の種火をくべられた女盛りの熟れた肉体をはしたなくも抑えきれなくなっていた。


同居を始めて一週間が経った土曜日。

娘夫婦は、朝から二人で街へと出かけていった。

なんだかんだで娘と上手くやっている洋司にホッとする一方で、結婚後もなお楽しげにデートへ出かける仲睦まじさに、園美は軽い嫉妬を覚えてしまう。

淀んだ気持ちを発散するため、園美は長い黒髪をポニーテールに結わえ、ダンスの自主練に励むべく庭へと出た。

さすがにダンス教室以外の場所でお腹周りを露出するのは恥ずかしく、今日は薄桃色のレオタードを着用している。

しかし見る者が見れば、薄布越しにたわわな乳房を弾ませ股布からこぼれ出た尻たぶを揺らして激しく腰を振る姿は、十二分に扇情的だろう。

リズムに乗って腰をくねらせる園美の脳裏に浮かぶのは、やはり洋司の顔と熱視線。

娘夫婦が仲を深めるのは、もちろん喜ばしい。

恋人時代の甘いひと時を思いだし、疎遠となった性生活にいい変化が訪れ、孫の顔を見る日が近づくかもしれない。

母としては最も安堵する形に収まるはずだ。

けれど、そうなれば娘婿はきっともう、自分を欲望の対象として捉え女を感じることはなくなるだろう。

なぜだかもやもやが広がり、胸が息苦しい。

園美は無心に腰をくねらせ、扇情的な舞いに没頭しつづけた。


一時間ほど踊りつづけていただろうか。

タオルで汗を拭きつつ屋内へと戻ると、リビングに嗅いだことのないオリエンタルな薫りが漂っていた。

不思議に思って視線をあげれば、いつの間に帰宅していたのか、にこやかな笑みを浮かべて洋司がソファーにゆったりと腰掛けていた。

「ええっ？　よ、洋司さん？　絵美と出かけたはずじゃ……」

「ただいま、お義母さん。実は、街に出たら絵美が、高校時代の同級生とバッタリ会いまして。まあ、あいつの地元ですからね。なんとなく察して、久々に旧交を温めるように勧めたんです。今日は一日、カラオケのフリータイムで過ごすそうですよ。ハハッ」

肩をすくめて自嘲気味に笑う洋司。

いくつになっても精神的に幼い娘の行動に、園美は母として申し訳なくなる。

「ごめんなさい。本当にもう、あの子ったら……。せっかくのお休みを台無しにしてしまったわね。なんてお詫びしたらいいか」

「いいんですよ。引っ越して環境が変わったばかりで、のんびりしたいところもあったから。むしろ、絵美は元気だなと感心したくらいです。俺は家でゆっくりさせてもらいますよ。もっとも、お義母さんにはお邪魔かもしれませんけど」

慇懃な物言いに、園美はフルフルと首を横に振り否定する。

二人きりという状況に胸がドキリと震えたが、娘の身勝手に振り回された娘婿を邪険に扱うなど心根の優しい園美にはできなかった。

「そんなはずないわ。ここはもう、あなたの家でもあるんですから。遠慮せずに羽を伸ばしてちょうだい。じゃ、わたしはシャワーを浴びてくるから……」

己が汗ばんだレオタード一枚の姿であるのを思いだし、園美はそそくさとリビングを通り抜けようとする。

しかし洋司の力強い手が、園美の手首を掴む。

「おっと。その前に、お茶でも一杯どうです？　熱心に踊っていましたものね。喉も渇いたでしょう。ささ、座っていてください」

「えっ。でも、こんな格好のまま……アンッ」

腕を引かれ、園美はトスンとソファーに腰を下ろす。

困惑する園美をよそに、洋司はティーポットからカップへ湯気を立てる琥珀色の紅茶を注ぐ。

ふわりと漂う温かな湯気と落ち着く薫りに、無心に踊った疲労が今になって襲ってきたか、けだるさに包まれて腰をあげられなくなる。

「いいからいいから。楽にしてください」

園美の隣に腰を下ろした洋司がリモコンでコンポを操作すると、スピーカーから耳に心地よい民族音楽が流れだした。

「あら、いいわね……。洋司さんも、向こうの音楽に興味があったの？」

音楽が戸惑いと緊張をほぐしたか、園美はうっとりと曲に耳を傾け、リズムに乗って小さく身体を揺らす。

狙い通りの効果に、洋司はニッと笑みをこぼす。

「お義母さんがベリーダンスを始めたって聞いてから、興味を持ったんですよ。焚いているお香も向こうのもので、リラックス効果があるらしいですよ。このお茶もそうです。気に入ってもらえましたか?」

娘婿の気遣いに、園美はすっかり気を許し、トロンと瞳を潤ませて頼もしげに洋司を見つめる。

「ええ、とても。洋司さんは本当に、優しい人ね。頼れる旦那さまがいて、絵美が羨ましいくらい……」

オリエンタルな音楽とお香の薫り、紅茶の味。

三つの相乗効果に、園美は心も身体も緩みきり、ほころんだ唇からは知らず本心がこぼれ出る。

ソファーにゆるりと肢体を投げだし瞳を閉じる、完全に警戒を解いた様子の義母に、洋司はニヤリと口端に笑みを浮かべる。

女をその気にさせる効果もある、などと胡散臭い効能を騙っていたお香だが、物は試しと購入してみて正解だったようだ。

ムッチリした太腿にさりげなく手を置いても、園美は嫌がる素振りをまるで見せず、温もりに身を任せている。

紅茶を一杯飲み干した頃には、すっかり気が緩みきったのだろう。

園美は娘婿の肩へコテンと頭をあずけ、無防備にしなだれかかっていた。

「随分と熱心に踊っていたんですね。筋肉が張って、疲れが溜まっているみたいだ。そうだ、俺にマッサージをさせてくださいこう見えて得意なんですよ」

細い腕を取り、しっとりと汗ばんだ肌をムニッ、ムニッと揉みほぐす。

疲労が和らぐ心地よさに、美熟女はほうっと悩ましい吐息を漏らす。

「ンアァ、キモチいいわ……。じゃあ、おねがいしちゃおうかしら」

二の腕から広がる甘い痺れに思考能力まで鈍った園美は、ぼんやりとした表情で了承し、コクリと頷く。

洋司はニッと笑みを浮かべ、立ちあがる。

「任せてくださいよ。では、準備をしますね」

洋司はリビングを出ると、人が一人寝転ぶに十分なサイズのウレタンマットを抱えて戻ってきた。手にはオイルの入った瓶も握られている。

大がかりな準備を前に、園美はようやくハッと我に返る。

「洋司さん、なにもそこまでしてくれなくてもいいわ。軽く揉んでくれれば……」

「いいんですよ。お義母さんには、お世話になっていますから。喜んでもらいたくて用意したんです。オイルマッサージも、あちらじゃ名物らしいですしね。さささ、寝てください」

園美は洋司に腕を引かれ、フローリングの床に敷いたマットへうつ伏せに寝かされる。

レオタードからはみ出た尻たぶへ背後から熱視線が降り注ぎ、ジンジンと炙られる。

己の迂闊さを後悔し、起きあがろうとするも、時すでに遅し。

たっぷりとオイルを塗した洋司の手のひらが、乳酸の溜まったふくらはぎをムニュッと揉みこんだ。

「ヒアァンッ。ヌルヌルするわ。足に力が入らなくなる……ンハアァ……」

「力を抜いて、楽にしてください。へへっ、こってますね～。なんてね」

オイルを塗り広げられ、膝から下が心地よいぬめりに包みこまれる。

抵抗を失った熟れた肢体を、牡の力強い手がグニッ、グニッと揉みほぐす。

ベリーダンスを始めてからこまめにストレッチをするようにはなったが、女の細腕では不可能な深く芯までほぐす按摩に、園美は心まで蕩かされる。

「んふあぁ……ハアァン……」

緩んだ唇から自然と漏れ出る悩ましい喘ぎを少しでも抑えようと、園美はクッションにしがみつき顔を埋める。

それでも隠しきれぬ湧きあがる快美感に、ムッチリした肉付きのいい美脚がプルッ、プルッと切なげに震える。

身悶える美熟女の寝姿を見つめて洋司は舌なめずりをし、さらに手のひらへ追加のオイルを垂らす。

ねとついた手のひらが太腿を這い回り、テラテラと淫靡に濡れ光る。

モニッ、モニィッと幾度も揉みこまれ、園美はクッションを胸に抱いたまま上体をググッと仰け反らせて喘ぎ悶える。

「くふうぅっ……ンッ、ンッ……くひぃぃんっ。洋司さん、これ以上は……」

「柔らかな肉の詰まった、ムッチリとした脚。実に揉み甲斐がありますよ。園美さんも随分と気持ちがよさそうだ。色っぽい声が漏れつづけていますよ」

義母ではなく一人の女として扱い、名を呼ぶ洋司。

太腿の裏側を揉みほぐしていた手が徐々に内腿へ移動し、股の付け根をグリッグリッと刺激する。

生じた腰が痺れる感覚に、園美は思わず尻を浮かせてピクピクと悶絶する。

「ムッチリしているだなんて。はずかしいわ。だらしのない身体だと呆れているのね……ンアァッ？　そ、そこはだめよぉっ」

「ハハッ、ちがいますよ。抱き心地がよさそうだと、褒めているんです。絵美もこのくらい肉付きがよければ、毎晩抱いてやるのにな」

娘を引き合いに出されて女の魅力を褒められる背徳感に、園美の脳は羞恥と倒錯の悦びでクラクラ揺れ、まともな思考が働かない。

ただただ娘婿の妖しい手つきに翻弄され、甘い喘ぎを漏らし身悶えるばかり。

レオタードの股布に、隠しきれない濡れ染みがグジュリと広がる。

股を閉じて隠そうにも、オイルまみれの両脚は完全に弛緩しきって動かせない。

もし今、覆いかぶさられたら、確実に拒めない。

あの夜とは違い、酔いのせいとの言い訳もできず、娘婿の手で乱れてしまうだろう。

ドキドキと高鳴る心臓の音。

マットに押しつけたたわわな乳房は、薄手のレオタードへコリコリに勃起した乳首のシルエットが浮き、身を捩るたびにこすれてピリッと快感が走る。

己の迂闊さを恥じるも、どこかでこうなるのを望んでいたのかもしれない。

園美はコクリと唾を呑む。

だが、洋司の手はさんざん揉みほぐした内腿をスッと離れてしまう。

「さて。次は二の腕にいきましょうか。まだまだたっぷり、全身くまなく揉みほぐしてあげますからね。ククッ」

洋司の含み笑いに、園美はゾクッと背筋が震える。

ただ肉欲を乱暴にぶつけてくる相手ならば、拒めもしただろう。

だが狡猾な娘婿は、じっくりと園美の熟れた肉体を絡め取り、自分でも知らなかった胸の奥底に眠る牝の願望を執拗に引きずりだそうとする。

「アァッ、も、もうゆるして……。これ以上、わたしをはしたない女にしないでちょうだい……」

小さな声で許しを乞うも、顔を埋めたクッションに吸収され、漏れ届くのは切なく悩ましい喘ぎだけ。

たっぷりとオイルを追加した洋司の手は、園美の二の腕をふやけるまでじっくり揉みこみ、抵抗の力も意思も完全に奪い去ってゆく。

両肩を奥まで揉みほぐされ、敏感な腋までヌルヌルに撫で回されて、園美は悩ましく腰をくねらせ甘い声をあげてされるがままに悶え鳴いたのだった。

両手も両脚も、レオタードに包まれた胴体以外の露出した生肌はすべてくまなくオイルまみれにされた園美は、なおも繰り返される愛撫に喘ぎ乱れていた。

腰だけが高く浮きあがって四つん這いの姿勢を取り、無意識に挿入を求めて豊満な肉尻を淫らに左右へ揺する。

レオタードの股布はぐっしょりと濡れそぼり、膣口がパクパクと牡をねだる様子まではっきりと透けてしまっている。

それでも洋司はレオタードをずらしもせず、あくまでオイルマッサージという形にこだわり、布地からはみ出た尻肉を芯までグニグニと執拗に揉みたくる。

「園美さん、かなり気持ちよくなってくれているみたいですねえ。オイルまみれでテカテカのおっきなデカ尻がスケベに揺れっぱなしだ。見せつけるように突きだして、そんなに揉んでほしいのかな？　ほらほら、もっと悦んでくださいよ」

室内に充満するお香の薫りに湿ったレオタードの内側からムンムンと染み出る牝臭が混ざり、濃厚な媚薬と化している。

間近で嗅いだ洋司も興奮が抑えられず、しっとりと手のひらに吸いつく義母の尻たぶをこれでもかと揉みしだき、奥まで痺れさせる。

「アンアンッ、ハアァンッ。わ、わたし、揉んでほしくなんか……おしりを弄ばれて、アッアッ、感じてなんてぇっ……。だ、だめぇっ。おしりがジンジン、しびれるのっ。なにかがあがってきて……むふぅぅ～っ。いふっ、いふぅぅ～っ！」

こみあげる堪えきれない絶頂感に、園美は咄嗟にクッションへ顔を埋める。

絶頂の牝鳴きは大半が布地に吸収されたが、いくらかは漏れて洋司の耳を愉しませる。秘唇の奥からプシャッと愛蜜が噴きあげ、レオタードの股布へさらに色濃い染みを広げた。

（あぁっ。わたし、洋司さんの前で、また恥を掻いてっ……。きっと、達したのに気づかれてしまったわ。いま迫られたら、もう拒めない……。洋司さんのモノに、なるしかないのね……）

目の前で無様に絶頂を晒した事実をたてに関係を強要されれば、拒否のしようもない。

観念した園美は、ヒクヒクと震える秘唇がくっきり透けて浮かびあがった股間を無意識にククッと後ろへ突きだし、屈服の姿勢を取る。

どんな行為も受け入れるつもりだったが、洋司は痺れの取れぬ尻たぶをなおもじっくり揉みしだくばかりで、差しだされた秘唇に触れようともしない。

「おやおや、どうしたんですか、そんなにお尻を突きだして。マッサージしてほしい場所があるなら、自分の口ではっきりと伝えてくださいね」

「くうぅっ……。そんな、そんなぁっ……んふあぁっ」

生温かい息を疼く秘唇に布地の上からふうっと吐きかけ、それでも義母の望みに気づかぬふりをする洋司。

園美は四つん這いの姿勢でギュッと拳を握り、恥辱にクッと唇を噛みしめる。

だが、大量のぬめるオイルと力強い按摩に極限まで蕩かされた肉体と精神が、もはや牡を求める牝の本能を押しとどめられるはずもなかった。

「アァッ、洋司さん……。お、おねがいよ。わたしの……アソコも……」

「アソコ、じゃわかりませんよ。前にも教えたでしょう」

羞恥に耐え懸命に搾りだした懇願の言葉にあっさりダメ出しをし、ペチペチと尻たぶを平手で軽く打ち、より淫らなおねだりを求める洋司。

狂おしい恥辱にフルフルッと尻が揺れるも、園美はこみあげる牝の欲望を抑えられず、娘婿が気に入るよう恥を捨てて淫らな言葉を口にする。

「はうぅっ。……オ……オマ×コ……。オマ×コよっ。オマ×コが、うずいて仕方がないのっ。おねがい、わたしのはしたないオマ×コにも、マッサージしてちょうだい。自分ではもう、どうしようもないの。この疼きをとってぇっ」

清楚で貞淑な義母が自ら尻を突きだし濡れそぼった秘唇を見せつけ、卑猥なおねだりを口にしてまですがる姿に、洋司は生唾を呑まずにいられなかった。

ようやく念願が叶い、洋司は焦らすのをやめ、嬉々として股間に貼りついたレオタードを指で脇へずらす。

悩ましく口を開けた愛蜜の滴る秘唇へ、満面に笑みが浮かんだ顔を寄せ、勢いよくかぶりついた。

「やっと、素直に俺を頼ってくれましたね。もちろん、いいですよ。我慢のしすぎでドロドロに蕩けまくったマ×コを、満足するまで俺が慰めてやるからな」

発情してぽってりと悩ましく腫れあがった恥丘を、口いっぱいにむしゃぶりモニュモニュと味わう。

溢れる愛蜜をジュルジュルと音を立てて啜り、開きっぱなしの膣口へ舌を差しこみヌプヌプと出し入れする。

「んふあぁっ、あひぃぃぃ～っ！　洋司さんにオマ×コを、食べられてるわっ。モグモグ噛まれて、アッアッ、はしたないお汁を啜られてぇっ、アハァンッ」

待ちわびた快楽はあまりにも圧倒的で、園美はだらしなく開いた口から嬌声を響かせ、ビクッビクッと豊満な肢体を身悶えさせる。

ただでさえオイルマッサージで蕩けきった身体には、まるで力が入らない。

娘婿に貪られるがまま、肉尻だけを高く掲げて背徳の悦びに酔いしれた。

「ジュルルッ。へへっ、マ×コからヨダレが垂れっぱなしだ。イジッてほしくてたまらなかったんだな。もっと早く俺に頼ってくれればよかったのに」

「アンッアンッ。そ、そんなわけにいかないわ。あなたは娘の、旦那さまなんだもの。男性として見るだなんて、ゆるされない、ンヒイィ～ッ？　舌までなかにぃっ。ネロネロと舐め回されて、ンアァァッ、とけちゃうぅ～っ」

差し入れた舌を卑猥にくねらせ、濡れそぼる媚肉をベロベロと舐めあげる。

発情した熟れ肉を内から蕩かされる快感に園美は頭を抱え、ポニーテールに縛った黒髪を振り乱して喘ぎ悶えた。

「けど、園美はとうとう自分から俺を求め、ねだったんだ。もう二度と、俺に隠し事はできないぞ。へへっ。マンビラがイキたがってピクピクしてる様子まで舌に伝わってくる。ほらほら、イキたいんだろう。俺の舌でイクんだっ」

「アッアッ、ンハアァ〜ッ。吸わないで、唇で引っ張らないでぇっ。ヒアァ〜ッ、舌を押しつけて、ねぶっちゃだめぇ。また、あの感覚が昇ってくるぅっ」

ベッチョリと舌の腹を押しつけ膣襞の一枚一枚をじっくりねぶりあげる執拗な舌愛撫に、園美はなすすべなく絶頂へと押しあげられる。

洋司に抱かれた夜から味わえていない、自分でいくら慰めても達することのできなかった狂おしい感覚が、ゾクゾクと背筋を昇ってゆく。

「あの人には、アァッ、口をつけるどころか間近で見られたこともないのに……。娘の旦那さまに奥まで覗かれて、ンアァァッ。ナカまで舐められて、イクッ、イクゥッ！　オマ×コッ、イクウゥゥ〜ッ!!」

とうとう襲い来た久々の本格絶頂に、両腕でクッションを抱きすくめるだけでは堪えきれず、園美はググッと背中を仰け反らせてビクビクと悶絶した。

四つん這いの下半身はガクガク痙攣し、汗とオイルにまみれた尻たぶがブルブルと揺れる。

膣奥からプシャッと愛蜜がしぶき、洋司の口元を熱く汚した。

「うぷっ。ああ、奥から潮を噴いてる。たっぷり熟したジュースの味が口のなかに広がって、美味いよ。舌がふやけそうだ。アクメでスケベにうねるマ×コから、ムンムンと牝の香りが溢れて……完全に園美に酔わされたよ。悪い女だな」

洋司は園美の飛沫を避けもせず口を開けて受け止め、美味そうにゴクリと呑み干す。

絶頂を迎えて色濃くなった熟牝のフェロモンをヒクつく膣口に鼻を寄せて存分に堪能し、なんとも心地よさげな媚肉の蠢きをうっとりと眺める。

再び舌を伸ばし、快楽が抜けきっていない痙攣の止まらぬ膣襞へ、ネロッネロッと快感を上塗りしてゆく。

「ヒイィ～ッ？　今、ナメてはだめよっ。イクのが、アッアッ、とまらなくなってしまうのぉっ。オマ×コ、嗅がないで、味わわないでぇっ。いい年をしてどうしようもなくはしたない女だと、はうぅ、呆れられたくないの」

園美はクッションへ朱に染まった顔を埋め、極限の羞恥に身悶える。

だが、貞淑な義母が牝と化して乱れ狂うほど、洋司の興奮は冷めるどころか昂るばかり。

わななく媚肉をねぶる舌に加え、包皮が捲れてチョコンと顔を出した陰核にまで狙いをつけ、鋭敏な肉突起をオイルまみれの指でクリクリと弄り回す。

途端、電撃のような快感に園美の豊満な肉体がビクビクッとのたうつ。

「オヒィッ、ハヒィーッ？　なんなの、ビリビリするわっ。こんなの知らない、しびれる、こわれるぅ～っ」

「イジられるのは初めてみたいだな。本当に芽吹かせ甲斐のある身体だ。よくこの年まで手つかずでいてくれたよ。園美、このかわいい豆がクリトリスだ。女の最高に敏感なトコロだよ。たまらないだろう。さあ、クリでイクんだっ」

指で何度も弾き回し、限界まで感度が高まったところで、包皮を剝きあげ根元まで完全に露出させる。

無防備におののき震える美熟女の肉真珠へ洋司は愛しげに唇を重ねると、チュルッと吸いこみ舌でレロレロと徹底的にねぶりあげる。

園美はガクガクッと大きく腰を上下させ、爆発的な絶頂感につややかな黒髪を搔き毟って惑乱した。

「オオォッ、ンオォォーッ!?　お豆、すごいっ、クリトリスすごいのぉーっ！　はじけるぅ、ピリピリが収まらないぃ。アァッ、わたし、またイクわっ。洋司さんの舌で、クリが、イクウゥゥ～ッ！」

再び愛蜜がプシャプシャッと弾けると、園美は腰を掲げる力すら抜けきったか、痙攣の止まらぬ肢体をマットの上にへたりと投げだした。

ようやく満足した洋司は義母の股間から口を離し、大量に浴びた愛蜜でぬるぬるになった口の周りを舌を伸ばして美味そうに舐めあげる。

服を脱ぎ捨て全裸になると、瓶に残ったオイルを追加で手のひらに垂らし、絶頂の連続で弛緩しきった園美の肢体に背後から覆いかぶさる。

ぬめる手のひらは手つかずだったレオタードへと伸びる。

自重でひしゃげた柔乳を布地の上からムニムニと揉みたくり、乳輪ごと乳首を扱く。

すべらかな腹を撫で回し、臍にまで指先を差し入れてクリクリと穿った。

「ンアァッ……。胸も、おなかもヌルヌルにぃ……。洋司さん、だめよ、力強く抱きしめないで……。これ以上、あなたの温もりを覚えてしまったら……」

まだ義母としての矜持が溶けきっていない園美の貞淑さに、洋司は驚きを覚えると共に、にんまりと笑みを浮かべる。

だからこそ、たとえ妻の母親という禁断の間柄であっても他の誰にも渡したくない、手に入れたくてたまらない魅力的な存在なのだ。

洋司は園美の黒髪を愛おしそうに手で掬い、フルフルと小刻みに震える形よい耳を露わにさせる。唇を寄せ、甘噛みしつつ囁く。

「いいんですよ。むしろ、覚えてください。今日は、園美を俺の女にするって決めたんだ。まだまだイカせて、抱きまくって、頭のなかを俺で埋め尽くしてやる。絵美の母親だってことを完全に忘れるくらいにね」

オイルを塗す必要のないほど大量のカウパーでヌルヌルになったガチガチにいきりたつ怒張が、尻たぶにグリグリと熱く擦れる。

臍を弄っていた手が下腹部を撫で下りて恥丘へ到達し、愛蜜の滴る膣穴をクチュクチュと卑猥に掻き回す。

もはや、逃れるすべはない。園美はゾクゾクと背筋を震わせる。

「アァ……。あの一夜は、ひと時の戯れではなかったのね。妻の、母親であるわたしを……自分の女に、しようというのね。どうして……うむぅん」

首を巡らせて振り返り、再び年を言い訳にしようとした園美に、洋司は先手を打って唇を塞ぐ。

ムチュムチュと貪り、レロレロと口内を舐め回して、舌も脳もふやけさせる。

「何度も言ったでしょう。園美が、最高の女だからだよ。自分では気づいてないんだろうけど、むしろ今こそが熟して食べ頃なんだ。それなのにベリーダンスなんてセクシーな趣味を始めて……悪い虫が寄ってくる前に、収穫しないとな」

洋司は本当に美味そうに園美の唇を味わい、熟れた肉体を撫で回している。

一時の気まぐれや戯れで、リスクを冒してまで禁断の関係を踏み越えようとするだろうか。

今になってようやく、洋司の迸る情熱が胸に、子宮に染みこんでくる。

いや、実際には園美も、ずっと以前から気づいていた。

絵美の母親として、洋司の想いに気づかないふりをしていただけなのだ。

「本当に、いいのね……。洋司さんがわたしを、女に……いいえ。いやらしい、牝にしたのよ。あの人に抱かれていた頃には知らなかった感覚を、教えこんで……はしたない牝に狂わせて。あなたに見放されたら、もう、わたし……」

園美は瞳を潤ませ、切なげに娘婿の顔を、一人の男として見つめる。

洋司はコクリと頷き、憧れの義母の唇をもう一度深く塞ぐ。

「ああ、もちろん。放りだしたりなんてするものか。むしろ淫らな貌を知るほど、ほしくてたまらなくなる……。だから園美も、俺の前ではすべてをさらけだすんだ。もう我慢は必要ない。望むまま、好きなだけ俺を求めてくれ」

「んむぁぁ……。男の人を、求めるなんて……それも、娘の旦那さまを……」

背徳の囁きに、脳がクラクラと揺れる。

逡巡していると、洋司は唇を塞いだまま、舌を動かさずジッと待っている。

深く合わさった唇から淫熱が伝播し、ジンジンと熱く疼いてたまらない。

園美はおずおずと舌を伸ばし、自分からペチョリと洋司の舌を舐める。

洋司は嬉しそうに目を細め、何倍も舌をくねらせて悦びを返してくる。

「んぷんぷぅっ？　アァ、洋司さん……。どうか、淫らなわたしに呆れないでね……。ペチョッ、ペチョッ……ムチュチュッ……ハアァンッ」

舐めればねぶられ、吸えば貪られる。

求めるほどにより大きく与えられる、禁断の悦楽。

いつしか園美は夢中になり、相手が娘婿であることも忘れ、一匹の牝として牡を求めつづけた。


オイルまみれでウレタンマットへうつ伏せに寝そべった園美は、一旦体を離して背後からニヤニヤと見つめる洋司の卑猥な視線に、ゾクゾクと肌を粟立たせる。

レオタードの股布は脇に寄せられ、蜜を垂らす秘唇は丸見え。

胸元の布地もグイと内側に押しこめられ、まろび出た乳房がマットに押しつぶされてムニュリと淫猥にひしゃげている。

こみあげる牝欲を抑えられず、園美は自ら豊満な尻たぶに手を添えてクニィッと左右に引っ張る。

悩ましくくつろげられた秘唇を晒し、はしたなく懇願した。

「ンアァッ……。洋司さん、どうか……わたしのはしたないオマ×コに、栓をしてちょうだい。あなたのオチ×ポが、ほしいの……あの日から、忘れられないのよ……。園美を、抱いて……セックス、してぇ……」

何度もつっかえながらも、羞恥をかなぐり捨てて挿入をねだる。

求めつづけた園美の痴態が、目の前に広がる幸福。

洋司はゴクリと生唾を呑みこみ、にんまりと満足げな笑みを浮かべる。

義母の背中に覆いかぶさり、オイルでぬらつく肢体へピッタリと密着する。

淫らに口を開けた秘唇に亀頭を押し当てれば、先端へチュブチュブと膣口が甘やかに吸いつき、言葉以上に素直で積極的に挿入をねだってくる。

「よくできました。清楚な園美のスケベなおねだり、たまらなく興奮するよ。マ×コも必死にチ×ポをせがんでるな。大丈夫。園美が素直にねだってくれれば、もう焦らしたりしないから。さあ、いくぞっ。くあぁぁっ！」

背後から肩をがっちりと押さえ、寝バックの体位でグイッと腰を突きだす。オイルまみれの肢体に密着しているため、体ごとズルンと大きく前方へ動き、より深く肉棒がズブズブッと膣穴に填まりこむ。

オイルの必要がないほどネトネトに濡れそぼった膣壁は、無抵抗に長大な怒張を呑みこんでゆく。あっという間に膣奥へ到達し、なおも勢い止まらず亀頭の先端がズコンッと膣奥を打ち抜いた。

「ンオォォッ、オヒイィィーッ!?　イッ、イクウゥゥ～ッ!!」

執拗な愛撫で限界まで発情していた牝肉は、たったの一突きで昇りつめた。膣奥から絶頂感がビリビリッと迸り、電撃のごとく背筋を駆け抜け、脳天へ達してバチバチと弾ける。

園美はグイィッと大きく上体を仰け反らせブルルンッと豊乳を弾ませて、襲いくる圧倒的な快楽の前にビクッビクッと悶絶する。

限界まで目を見開き、開け放たれた唇から甲高いいななきを淫らに響かせ、ピーンと伸びた舌をヒクヒク痙攣させる。

柔和な美貌を完全に崩壊させた園美の絶頂顔に、洋司は幻滅するどころかますます魅了され、楽しげに見つめる。

媚肉の痙攣を肉棒全体で味わいながら、オイルまみれの手のひらで園美のヒクつく白い喉を擦り、紅潮した頬を愛おしげに撫でる。

「入れただけでイクとは、相変わらず敏感な身体だ。いや、前よりもっとスケベになったかな。あの日俺に抱かれて以来、ずっとイケていなかったんだろう？何度オナニーしても、満足できなかったんだよな。かわいそうに……」

洋司の手が、乱れた義母の黒髪を優しく撫でる。

園美は真っ赤になって俯き顔を背けようとするが、顎をしゃくられて恥じらいの表情を隠すこともできない。

「はうぅ。き、気づいていたのね。わたしが、自分で慰めていたことを……」

「もちろん。同居を始めてから、ずっと園美を見つめつづけてたんだ。なんでも知ってるぞ。俺の視線に発情して、トイレや風呂に駆けこんで自分を慰めていたのも……」

耳にかかる髪をかきあげ、羞恥に震える園美の耳をベロリと舐めあげ、囁く。

「チラチラと盗み見た俺の勃起が、どれだけ踊りの練習で発散しても忘れられなくて……夜中に自室で布団をかぶり、俺の名前を呼んでいたのもな」

「んふあぁっ、そ、そんなことまで知られていただなんてぇっ。はずかしい、はずかしいわ。わたし、もう生きていけない、ンハアァ～ッ？」

なにもかもを見透かされていた事実に、園美の脳は羞恥で沸騰する。

イヤイヤと頭を振り、消え入りたいと願い、身体を小さく丸める。

だが洋司が腰を引き肉棒がズルズルと膣穴をこそげば、媚肉がカァッと燃えあがり、園美は再びおとがいを反らして淫らな嬌声を響かせた。

「何度も言ったろう。俺にはなにも隠さなくていいって。もっと早く俺を頼ってくれればよかったのにさ。同居を始めてから毎晩、待っていたんだぞ。それとも、俺を焦らして愉しんでいたのか？　悪い女だな、園美は」

キュキュゥッと狭まり、完全に抜けてしまわぬようにとせがむ膣穴。

ねとついた感触をじっくり味わい、洋司はぼやき混じりに園美をからかう。

「ち、ちがうわ。焦らしてなんか……。あなたは絵美の旦那さまで、わたしよりもずっと年下で……。はしたないおねだりなんて、許されるはずがなくて……アヒイィ～ッ？　また、入ってきたのぉっ。オマ×コ、アツいぃ～っ」

「真面目だな、園美は。だからこそ乱れさせたくなる。それなのに、くあぁ、熟したマ×コはとんでもなくスケベだ。チ×ポにチュボチュボしゃぶりついてる」

洋司は大きなストロークで肉棒を抜き差ししはじめる。

密着した体がオイルにまみれているため、抽送のたびに体全体が滑る。より深く膣奥までズプズプと塡まりこんでは、媚肉を掻きだし限界までズルズル抜け出てゆく。

心とは裏腹に、熟れた肉体はひと月のあいだ、あの日知った性交の快楽を待ちわびつづけていた。

ズブッ、ズブッと出し入れのたびに悦楽を女芯へ注ぎこまれて、貞淑な未亡人の脳はふやけ、逞しい娘婿に魅了される。

オイルにより弛緩した肢体へ、じわじわと快感が指先まで染みわたる。

豊満な肉体をクネクネと悩ましくくねらせ、アンアンと甘ったるい牝鳴きをあげ、男に抱かれ求められる悦びに酔いしれる。

「ンアァァッ、ハアァ～ンッ。オチ×ポ、ふといぃ。オマ×コ、やけちゃうぅっ。セックスで、こんなにも身体がアツくなるだなんて。子供をつくる行為なのに、アッアッ。恥知らずに感じてしまう自分をとめられないの、ハアァンッ」

四十年以上生きてきて初めて思い知った己の淫らな本性に、園美はブルブルッと背筋を震わせる。

首を巡らせ、牝の貌を引きずりだした娘婿を恨めしげに見やる。

だが、たまらなさそうな表情で背中から抱きつき腰振りに没頭する洋司を見ていると、情に厚い美熟女の胸はキュウンと疼いてほだされる。

「アンッアンッ。洋司さん、そんなにもわたしを……抱きたかったの？　娘に知られたら、とんでもないことになるとわかっていて、ンアァッ。それでも、いい年をしたわたしを、相手に選んでくれたの……？」

いつしか園美は、遥かに年下の男性が自分を熱く見つめ選んでくれた事実に、女として無上の喜びを覚えていた。

潤んだ瞳で上目遣いに見つめると、洋司は腰の前後運動を止めずに深く頷き、園美の頬に唇を重ねる。

「何度も言ったろ。園美は俺の、理想の女なんだって。絵美と一緒になったのも、あいつが園美みたいなイイ女に成長するのが楽しみだったってのもあるんだ。けど、いざ家族になったら……そばで見ているだけじゃ我慢できなくなった」

訥々と語る娘婿の本心が、ズン、ズンと膣奥を打たれて広がる快感と共に、脳に染み入る。

娘を結婚相手に選んだのは、自分の面影を重ねてという、驚きの事実。

母として許してはならぬはずなのに、胸の鼓動がドキドキと高鳴り、蜜壺がキュムムッと切なく収縮してしまう。

「生真面目な園美が、亡くなったお義父さんに操を立てているうちはまだ安心できた。それが、ベリーダンスなんて始めたって聞いて……自分を抑えられなくなった。園美が、魅力的すぎるから不安なんだ、独り占めしたくなるんだっ」

洋司の腰使いに、いっそう熱がこもる。

ズブッズブッと力強く肉棒を出し入れし、媚肉全体を熱くこそぎあげる。

蜜壺を太い肉塊でみっちり埋め尽くし、快楽を染みこませる。

言葉と身体の両方で狂おしく燃えあがる劣情をぶつけられた園美は、汗とオイルまみれの肢体をフルフルッと切なく震わせ、娘婿を男として受け入れた。

「アァッ、わたしがいけなかったのね。自分でも知らないうちに、娘の旦那さまを、苦しませて……。洋司さん、どうか気の済むまで、わたしを抱いてちょうだい。あなたが安心できるなら、ンアァッ……園美は洋司さんの、女になるわ」

園美は熱っぽく洋司を見つめ、キュキュッと窄めた蜜壺で肉棒を揉みあげる。

湧きあがる快感と感動に、洋司はブルブルッと腰を震わせる。

だが、洋司はさらに深い関係を求め、膣奥まで肉棒を押しこみ子宮口を亀頭でネチネチと嬲る。

「うれしいことを言ってくれるね。でも、義理で抱かせてもらっても満足なんてできないよ。園美はどうなんだ？　俺ともっとセックスしたいか。イクのを覚えたマ×コを、俺のチ×ポでこれからもイカせてほしいか？　どうなんだ？」

「アッアッ、奥をグリグリしないでぇっ。それは、ンハアァっ、それはぁっ」

蜜壺の悩ましすぎる蠕動がもたらす圧倒的な快感に耐え、洋司は執拗な膣奥嬲りで園美のさらなる本心を引きずりだす。

（ンアァッ。身体だけでは駄目なのね。洋司さん、わたしの心まで、ほしがって……。絵美、ごめんなさい……。わたしはもう、母親ではいられないわ。一人の女になるのを、どうかゆるしてちょうだい……）

園美はキュッと拳を握り、瞳を閉じ、心のなかで愛娘に詫びる。

再び瞳を開けた時、美熟女は母の仮面を捨て去り、目の前の牡を求めていた。

「アァッ。したいわっ。洋司さんとセックスしたい、はしたないオマ×コをあなたの太いオチ×ポで何度もイカせてほしいのっ。こんなこと、あなたにしか頼めないわ。わたしをいやらしい女にした責任を取って、たくさん抱いてぇ～っ」

熱く切ない淫らなおねだりと共に、蜜壺がキュムム～ッと収縮し、膣奥を責める肉棒をムチュムチュとしゃぶりあげる。

憧れの義母を、とうとう完全に身も心も自分の物とした。

爆発的に膨れあがる悦びと達成感。

洋司は園美の腰に両腕を回しギュウッと力強く抱きすくめ、しゃにむに腰を振りたて肉棒をズボズボと抜き差しする。

「いいぞ、どれだけスケベになろうと、俺がとことんまで面倒を見てやるっ。マ×コが疼いたら、俺だけを頼れ。誰にも渡さない、園美は俺だけの女だっ！」

激しい抽送に、濡れそぼった媚肉が何度もゾリッゾリッと抉りあげられる。

媚粘膜がジンジンと焼かれ、一突きごとにビリッビリッと電流のごとき強烈な快感が膣奥へ叩きこまれて全身へ弾け飛ぶ。

覆いかぶさる牡の圧迫感もまた、ぬめり蕩けた女肉には心地よい。

園美は貞淑さをかなぐり捨て、アンアンと淫らに喘ぎ悶える。

「アッアッ、ンハアァーッ。わたしは、洋司さんの女っ。この年になって男の人に溺れるふしだらなわたしを受け止めてくれるのは、洋司さんだけなのっ。アンアンッ、オチ×ポすごいわっ。イクッイクッ、オマ×コイクゥーっ！」

何度目かの突きこみを受け、穿たれた子宮から生じた鮮烈な絶頂感に、園美は大きく上体を仰け反らせる。

恥も外聞も打ち捨て淫らな牝鳴きを響かせる美熟女を、洋司はさらに背後から押さえつけズコッズコッと怒張を突きたてる。

「アヒィッ、ハヒイィーッ！　洋司さん、はげしすぎるわぁっ。イッてるのに、アッアッ、オチ×ポでズンズンしないでぇっ。こわれちゃうっ、おかしくなっちゃうわっ」

「まだまだイキたりないんだろう。マ×コがビクビクしながらチ×ポをヌチュヌチュ搾ってるぞ。初めて抱いてから、ひと月もほったらかしだったもんな。お詫びにたっぷり突きまくって、満足するまでイカせ抜いてやるっ。そらそらっ！」

ピクピクと痙攣しながらも次から次にまとわりついてくる無数の膣襞を感じ取れば、熟れた肉体がまだ飢えを満たしていないのは丸わかりだった。

ヌチュヌチュとしゃぶるように肉棒を揉み搾られてこみあげる射精衝動を懸命に堪え、洋司は牝に開花させた義母へ詫びも込めてひたすら突きつづける。

「アンアンッ、ハァァンッ。オチ×ポすごいわっ、乱れてしまうのっ。こんなにも求められ、愛されるのははじめてよっ。洋司さん、もっとしてぇっ。園美のはしたないオマ×コ、オチ×ポで慰めてぇ、かわいがってぇ〜っ」

受け身だった園美が、抽送に合わせて少しずつ尻を浮かせる。

より深い突きこみを受け、芯まで痺れる快感を堪能し、グジュグジュに蕩けた媚肉を肉棒にまとわりつかせてさらなる快楽をねだる。

「くはぁっ。初めて抱いた時よりも、マン肉がスケベにまとわりついてくる。俺の方がイカされそうだっ」

「アァン、いやぁっ。オマ×コのなかが、ひとりでにいやらしく動いているのが自分でもわかるわ。洋司さんのオチ×ポを求めて、アッアッ、すがりついているの。おねがいよ、はしたないわたしに呆れないで、見捨てないでぇっ」

自分でも知らなかった御しきれぬ淫らな本性に戸惑い、必死にすがる園美。

洋司はますます興奮を募らせ、オイルまみれの肉尻にパンパンと腰を叩きつけ、膣奥を突き回す。

「言ったろ、捨てたりしないって。むしろ、スケベな本性を知ってるのが俺だけだと思うと、くおぉっ、もうたまらんっ！　イクぞ、園美っ。おねだり上手のマ×コに、たっぷりザーメンを注いでやるっ。俺に染まってイケッ!!」

オイルまみれの豊満ボディをギュウッと力いっぱい抱きすくめ、洋司は思いきり深く腰を突きだす。

怒張は膣奥まで填まりこみ、亀頭が子宮口をこじ開け、ロックする。

牝として覚醒した状態での種付けに、ゾクゾクッと背筋を怖気が駆け抜ける。

それでも園美は洋司の熱情に染めあげられたいとの想いを抑えられない。

逃れる素振りも見せず深い挿入を受け止め、放出を待ちわびる。

「ンハァァ〜ッ。奥までオチ×ポが入ってきたわっ。洋司さんも、我慢しつづけていたのね。どうか、遠慮せずにわたしのナカですべて解き放ってぇ〜っ！」

追い詰められた状況でもなお、自分を牝に堕とした張本人まで慮る深い慈愛。

洋司は園美を掻き抱き、激しい射精と共にありったけの想いを膣内へブビュルルルーッと注ぎこんだ。

「ンアヒイィーッ!? アツイわっ、ビュクビュク注ぎこまれてるっ。オマ×コやける、とけるぅ〜っ！　洋司さんのザーメン、たくさん流れこんでくるのっ。イクッ、イクわっ！　オマ×コイクッ、洋司さんに染まってイクウゥゥーッ!!」

亡き夫の射精量では味わえなかった、膣も脳も精と快楽でドロドロに染めあげられる圧倒的なまでの牝の悦び。

園美は大きく開いた口から淫らな絶頂のいななきを部屋中に響かせ、肉付きいい肢体をビクビクッと何度もわななかせる。

あまりに鮮烈な絶頂感を前に仰け反ろうにも、牡の体軀に背中から覆いかぶさられて重みで身体が動かない。

自由を奪われてひたすら子種を注がれる圧迫感と不自由さもまた、洋司の所有物と成り果てた証に思え、燃え盛る子宮を激しく揺さぶった。

「園美、イッてるなっ！　マ×コのうねりがチ×ポにばっちり伝わってくるぞっ。くあぁっ、俺もまだまだ出るっ。今日まで待ちわびたぶん、俺のモノになったスケベ穴に一滴残らず注ぎこんでやるっ。くおぉぉっ！」

自分でも驚くほど、洋司の射精は長く続いた。

ずっしりと睾丸に溜めこまれた義母への劣情でグツグツと煮詰まった子種汁が、目もくらむ快感と共にひっきりなしにビュルビュルと溢れ出る。

膣内射精にピクピクと痙攣する媚粘膜へ、さらにベチャベチャと熱い飛沫を打ちつけ、ドロドロに塗りこむ。

貞淑だった未亡人の蜜壺は淫らな愉悦をとことんまで覚えこまされ、フリフリと肉尻を悩ましく揺すり、アンアンと啼泣する。

「アヒィンッ、ハヒイィンッ！　お射精、とまらないわっ。ドロドロの濃いザーメンが、何度もオマ×コにはじけて、染みこんでっ。アッアッ、またイクゥッ。

いっしょにイクのがうれしいのっ。洋司さんといっしょに、イクウゥゥ〜ッ!!」

経産婦の慈愛に満ちた心は、洋司が絶頂を迎えることでも悦びを覚え、自らの快楽も束ねつらねてどこまでも昇ってゆく。

園美は牡に求められ共に達する悦びに酔いしれ、汗とオイルで照り光る悩ましい肢体を幾度も震えわななかせた。


やがて、長い射精が終わりを迎える。

洋司は汗まみれのムッチリした女肉に折り重なり、ようやく味わえた膣内射精の余韻にしばし酔いしれていた。

注がれた大量の白濁でドロドロになった蜜壺のなかで半萎えの肉棒をゆるゆると泳がせる感覚が、射精後のけだるさと合わさってなんとも心地よい。

園美もまたマットに突っ伏し、呆然とした表情でハァ、ハァと切れ切れに荒い息を吐いていた。

膣や子宮だけでなく、指先に至るまで身体がじんわりと甘く痺れている。

送りこまれた愉悦でさんざんに掻き乱されてふやけきった脳は、思考を巡らすのすら煩わしい。ただ呆然と、絶頂の余韻に身を浸しつづけた。

どれくらい繋がったまま密着していただろうか。

もぞもぞと動いた洋司が、汗の珠が浮く紅潮した園美のふっくらした頬にそっと口づける。

「へへっ。園美さん、今日はまだ起きてるね。前は、膣内出しでイッた後、気を失って目を覚まさなかったからさ」

「アァン……はずかしいわ。本当のセックスが、あんなにもすごいものだなんて、知らなくて……。でも、今日の方がずっと激しかったのに、どうしてかしら。わたし、いやらしい女になってしまったのかも……はうぅ」

あれだけ激しく喘ぎ悶えていながら、恥じらいを完全には失っていない清楚な美熟女が、洋司は愛おしくてたまらない。

チュッチュッと何度も頬をついばみ、むずがる園美をからかう。

「こっそりオナニーを続けたおかげで、マ×コが快感に慣れたからかもな。おかげで今日は、まだまだ愉しめそうだ。園美がセックスにも真面目な努力家でよかったよ」

「いやよ、そんな言い方しないでちょうだい。うぅ、まだするつもりなのね。もう、身体に力が入らないのに……」

再び呼び捨てにされ、淫靡な秘め事の時間はまだ終わっていないのだと痛感し、園美は恨めしげに娘婿を振り返る。

悩ましく細められた瞳はしっとりと濡れ、奥は期待の輝きで揺らめいていた。

「園美だって、まだまだし足りないだろ？　ひと月もおあずけだったんだ。一発出されただけじゃ、寂しがりのマ×コは満足してないよな。……ほら。ザーメンでドロドロだってのに、マンビラがチ×ポにネチョネチョまとわりついてきた」

「アァン、言わないでぇ……。本当に、呆れない？　こんな淫らな女だとわかっても、ンンッ、ゆるしてくれる……？」

止めようのない貪欲な媚肉のうねりを知られた園美は、羞恥で面差しを真っ赤に染め、瞳を潤ませ上目遣いにぽそりと尋ねる。

洋司はにこやかな笑みを返し、束ねられたつややかな黒髪を撫でてやる。

「ふあぁ……。大きな手ね……あたたかいわ。……そ、そのね。……わたしもももっと……洋司さんと、繋がっていたいの。あなたの逞しさを、体内で感じたい……二度と忘れないほど、熱く蕩けさせてほしいのよ……ハアァン……」

おずおずとねだる園美に、洋司はニヤニヤと意地の悪い笑みを浮かべ、ベチョリと卑猥に頬を舐めあげる。

「へへっ、かわいい人だ。清楚な園美らしいおねだりだけど……俺はもっとスケベな方が好きだって、知ってるだろ？　素直にできなきゃ、終わりにしちゃおうかな」

やめる気など毛頭ないくせに、嘯く洋司。硬度を取り戻しつつある肉棒を、からかうようにビクビクッと膣内で跳ねさせる。

園美は恥辱にクッと歯噛みし、それでも洋司を求める心と身体を抑えられず、卑猥な娘婿の望むままより淫らにねだる。

「あうぅ……ずるい人ね。……わかったわ。園美を、抱いて……もっとセックス、してください。逞しいオチ×ポで突かれる感覚が、ザーメンの熱さが、忘れられないのよ。あなたが淫らに染めた女よ。たくさん、イカせてちょうだいね……」

思いつく限りの卑語を用い、洋司好みの淫らな牝になりきる。

自分から唇を寄せてきた園美に、洋司の興奮も再び燃えあがった。

「くうぅっ。いいぞ、最高に興奮するよ。よし、まだまだセックスするぞ。あれだけイッてもチ×ポをせがんで吸いついてくるスケベなマ×コに、俺のザーメンをもっとぶちまけて匂いまで染みこませてやる。おまえは俺の女だ、園美っ！」

「アッアッ、オチ×ポ、また硬く逞しくなってっ。グチュグチュになったオマ×

コに、ジュプジュプ出入りして、ハアァンッ。すごいわ、アツイ、キモチいいと感じてしまうぅっ。これがセックスなのね、アァ、もっと抱いてぇっ」

今までなんと形容してよいかわからなかった狂おしい熱を、園美はようやく気持ちいいのだと、素直に受け入れることができた。

美熟女未亡人は、相手が娘婿であることも忘れ、娘の不在に彼の溢れる欲望を受け入れて共に幾度も絶頂へと昇りつめたのだった……。

第四章 がまんできない
もうひとりの子づくり志願者

絵美が帰宅したのは結局、翌日の明け方だった。

静かに玄関の鍵を開け、物音を立てぬようそっと扉を開くも、飛んできた叱責にビクンと肩を震わせる。

「こらっ！　いったい何時だと思っているの。旦那さまがいる身で、朝帰りだなんて……」

「はうっ。ママ、起きてたの？　ごめんなさい……」

上目遣いで謝る絵美に、園美はふうと溜息を吐き、両手を伸ばす。

幼少の頃に尻をぶたれた経験を思いだし、反射的に身体を縮こまらせる。

だが母の腕は、ふわりと優しく包みこんできた。

すことだけだった。

「いいえ、なんでもないのよ。ただ、少しだけこのままでいさせてちょうだい」

娘への罪悪感を抱えるも、秘密を打ち明ければかえって傷つけてしまう。

園美にできるのは、裏切ってしまった愛しい娘を抱きしめ、罪の意識をごまかすことだけだった。

「心配かけてごめんね。洋くんにもちゃんと後で謝っておくから」

叱られると思いきやふくよかな胸に抱擁され、かえって絵美は戸惑い、自らの振る舞いを反省した。小言を受けるより、よほど効果があったようだ。

と、屋内にふわりと漂う嗅ぎ慣れぬ残り香に、ヒクヒクと小鼻を震わせる。

「ンン……なんの匂いだろ？　嗅いだことのない、いい匂いがする……」

絵美の呟きに、園美はドキリと胸が震える。

「洋司さんがくれたお香の匂いね。わたしがベリーダンスを始めたと知って、あちらの土産物にも興味があるかと思ったそうで、買ってきてくれたのよ。昨日のお昼に焚いたのだけれど、まだ薫りが残っていたようね……」

いつまでも精神的に幼いようでいて意外な鋭さを見せる絵美に、園美は動揺を抑え、説明する。

緊張に小さく息を呑むも、嘘は言っていないだけに、絵美は疑う素振りを見せずうっとりとお香の残り香に酔いしれた。

「そうなんだ……。洋くんってセンスいいよね。大人だし、優しいし。だからつい、甘えちゃうんだ。わたしも奥さんとして、もっとしっかりしなきゃだよね」

「そ、そうね。あなたもいい奥さんに、ならなくてはね……」

無邪気にのろける絵美に、園美の胸はキュッと締めつけられる。

今は自分を女として見てくれる洋司も、いつかは若く愛らしい娘の下へと帰ってゆくのだろう。

母としては喜ばしいはずなのに、下腹部に切ない疼きを覚えてならない、この年にして女に目覚めた園美なのだった……。

再び一線を越えた義母と娘婿。それでも洋司は相変わらず、無理に園美を押し倒すような真似はしなかった。

だが向けられる視線は以前より熱を帯び、女の悦びを知ってますます色香を増した園美の熟れた肢体へネットリと絡みついた。

まるで、所有者は自分だと確認するかのように。

三日もすると、熱視線に炙られた園美は身体の火照りを抑えられなくなる。

夜になれば、夫婦の寝室へと向かう娘婿の袖を、義母がそっと引く。

サインを受け取った洋司はニヤリと笑みを浮かべ、妻に気づかれぬよう背後で園美の肉尻をムニュリと揉みしだき、了承の返事をする。

やがて絵美が眠りについた後、洋司は寝床を抜けだす。

ある夜は義母の寝室で、また別の夜は浴室で、未亡人の熟れ肉をこってりと貪っては芽生えた牝の欲望を満足させてやった。


とはいえあまりにも間が空けば、洋司の方から大胆な行動に出る日もあった。

五日ほど行為のなかった、ある日の早朝。

トイレで小水を済ませたパジャマ姿の園美は、個室を出ようと立ちあがる。

しかしドアノブを開けた瞬間、何者かに再び個室内に押しこめられ、トスンと洋式便座に尻を落とす。

「キャッ?　えっ、よ、洋司さん？　いやだ、どういうつもりなの。トイレに入ってくるなんて」

戸惑う園美をよそに、ニヤニヤと笑みを浮かべた洋司は目の前でズボンを勢いよく下げる。

ブルンとまろび出たギンギンにいきりたった肉棒を手で握りこみ、すでに先走りの滲んだ亀頭で園美のぽってりした肉厚の唇をネチネチと嬲りだす。

「園美さんこそ、ひどいじゃないか。何日もほったらかされて、チ×ポが爆発するかと思ったよ。危うく夢精するところだった。自分で処理しようかと思ってトイレに来たけど、ちょうどいいや。このまま口でヌイてもらおうかな」

「そ、そんな。お口でなんて、はしたない真似……んぷぷぅっ。いや、オチ×ポの先っぽで、唇をイジメないで。ネトネトになっちゃう……んぷあぁっ……」

大きな手でがっちりと頭を摑まれ、欲望に満ちた目で上から見下ろされる。

ゾクゾクと背徳の興奮が背筋を駆け上り、園美の瞳がしっとりと潤む。

大きな抵抗を見せることなく、カウパーを潤滑油に塗りたくられた悩ましい唇はムリムリと卑猥に割り裂かれ、クポッと亀頭を咥えこんだ。

「そうそう。早く処理しないと、絵美が起きてきちゃうからな。ああ、プリプリの唇にムチュムチュやわらかく締めつけられて、最高に気持ちいいよ。本当にいやらしい唇だ。これまでチ×ポをしゃぶったことはあるの？」

卑猥な問いに、園美はフルフルと首を横に振る。

「あ、あるはずがないわ。こんなはしたないこと……むぷぷっ。アァ、ヌルヌルがお口のなかにまで広がって……。なんていやらしい味なの……チュルルッ」

唇を汚し舌を濡らす卑猥なねとついた感触も、大きな手で黒髪を優しく撫でられていると不快感が薄れ、口内が蕩けて唾液が溢れだしてくる。

思わず亀頭をチュポッと吸うと、肉棒は心地よさそうにビクンと跳ねた。

「おほっ。いいぞ。初めてなのに、教えなくてもチ×ポのツボがわかってるな。献身的な園美には、奉仕の才能があると思ってたよ。じっくり教えてやりたいけど、時間がないからな。今はまず、チ×ポの味をしっかり覚えるんだ」

洋司は両手で園美の頭を固定し、小刻みに腰を前後させ亀頭を唇へクポクポと出し入れする。

灼熱の牡肉による摩擦で肉厚の唇をジンジン焼かれ、園美は美貌をぽ～っと緩ませて洋司を見つめる。

「んぽっんぽっ。ご奉仕の才能だなんて。わたしははしたない女じゃ……。アァ、唇がアツイわ、引っ張られて伸びちゃう……。濃厚な、お肉の味……これが、オチ×ポの味なの……？　カウパーもたくさんで、お口がふやけてしまう……」

いきなりの口辱も園美は従順に受け入れ、汚汁と牡肉の味に舌を蕩けさせ白い喉をひくつかせる。

やはり義母は男に愛されるだけでなく、愛し、尽くしたがっている。深い情愛が肉棒越しに伝わり、洋司はこみあげる射精衝動にブルブルッと肉棒を大きく震わせる。

「うっとりとチ×ポを咥えて、最高にスケベなオカズ顔になってるぞ。くぁっ、ザーメンがあがってきたっ。もっと亀頭を吸うんだ、舌で先っぽの穴も舐めて。そうそう、いいぞ。上手に奉仕できたら、とびきり濃いのが出るからな」

女肉を炙り牝に狂わせる濃厚な精液を、口のなかに注がれる。

不安にゾクゾクと背筋が震えるも、なんとも心地よさげな洋司を見ていると胸が甘く疼いて、園美は奉仕を中断できない。

はしたなく鼻の下を伸ばし、本性を知る娘婿以外には見せられぬ牝面を晒して、熱心に亀頭をチュパチュパと吸いたてる。

唇が捲れ返るたびに生じる熱さを堪え、肉幹の表面をムニュムニュと磨く。

滴るカウパーを舐め取っては尿道口を舌先でクリクリとくすぐる。

初めての口奉仕だ。決してテクニックがあるわけではないが、洋司を悦ばせたいとのけなげな一心で、肉棒をぬめる快楽で包みこみ絶頂へ導く。

「くぅーっ！　出すぞ、園美っ。色っぽい唇は、俺のモノだ。ザーメンを受け止めろっ」

限界を迎えた洋司は興奮に目を血走らせて義母の魅惑的なパーツの所有を宣言し、したたかに精液を注ぎこんだ。

「んぷぷっ、ふむむぅーっ!?　お、おくひのなかに、んぷあぁっ。洋司ひゃんのドロドロが、いっぱいぃっ。むぷむふぅ～っ!!」

ブビュブビューッと勢いよく注ぎこまれる大量の白濁に、園美は目を白黒させて呻きを漏らす。

たまらず亀頭を吐きだそうとするも、がっちりと頭を押さえこまれて動かせない。

次から次に噴きあげる濃厚な牡汁を、なすすべもなく口内で受け止める。

「呑むんだ、園美っ。ゴキュゴキュと呑み干して、チ×ポの味だけじゃなく俺のザーメンの味もしっかり覚えろっ」

許しを乞おうと見上げても、期待に満ちた熱視線を返されると拒みきれない。

園美は必死に喉を震わせ、ドロドロとへばりつく白濁汁を嚥下し、洋司の体液の味を深く舌に刻んでゆく。

（アァッ、洋司さんの味、なんて濃厚なの。舌が、喉がとろけるわっ。ハァン、はしたなくオチ×ポを咥えたままお汁を受け止めるわたしを、あんなにうれしそうに見つめて……。あなたがよろこぶなら、わたし、どんな姿を晒しても……）

射精のあまりの勢いに頬はパンパンに膨らみ、口端からダラダラと残滓が漏れ出る。

それでも園美は洋司の望むまま、肉棒から精液を直に嚥下しつづけた。

やがて射精は終わりを迎えたが、洋司はいまだ肉棒を口から抜こうとしない。意図を察した園美は、肉幹にへばりついた残滓をジュルジュルと啜り、ゴキュッ、ゴキュッと懸命に呑み下す。

白濁漬けにされてジーンと痺れた舌を懸命に這わせて肉幹からぬめりを拭い取り、牡汁のすべてを喉へ流しこみ終えて、ようやく唇を解放された。

「へへっ。ほとんどのザーメンを直呑みしただけじゃなく、言われなくても舌でチ×ポを拭ってくれるとはな。やっぱり園美には、奉仕の才能があるよ。まだまだ色んなスケベなご奉仕を教えてやりたくなる……」

洋司はにんまりと笑い、残滓とカウパーにまみれて淫らに照り光る園美のぽってりした唇を、指でムニッと捲る。

ぬらつく口内めがけてタラリと唾を垂らせば、園美はうっとりした顔で舌を伸ばして受け止める。

与えられた唾液でクチュクチュと口内をゆすぎ、コクンと呑みこんだ。

牡の体液を注がれ、熟れた女肉はじんわりと疼いていた。

いまだ完全には萎えていない唾液で濡れ光る陰茎に、未亡人の悩ましい視線がネットリと絡まる。

しかし洋司はトイレットペーパーで股間を拭い、ズボンを穿き直す。

「ありがとう、園美さん。おかげでスッキリしたよ」

望みに気づきながらにこやかに笑う洋司に、園美は恨みがましい視線を送る。

「うう、ひどいわ洋司さん。これじゃ、本当にただの道具扱いじゃない……」

拗ねる園美の頭を、洋司はあやすように優しく撫でてやる。

「俺だってもっとしたいけど、いつまでもトイレにこもっていられないだろ。園美がいいなら、会社をサボって今から部屋で抱いてやるぞ。絵美にはバレるだろうけどな」

「そ、それは……。あうぅ……イジワル……」

娘に関係を知られるのだけは、避けねばならない。

園美はシュンと俯き、しぶしぶ頷いた。

子供じみた仕草がなんとも愛らしくて、洋司は前屈みになり、園美のおでこに軽くキスをする。

「心配しなくても、今夜はたっぷり抱いてあげるよ。だから、夜までおあずけだ。五日も俺のムラムラを放っておいたんだ。園美にも少しは我慢してもらわないと不公平だろう」

洋司は笑いながら扉を開けてトイレを出てゆく。

娘婿が去った後も、園美はなかなか便座から立ちあがれずにいた。

口端から垂れた残滓を受け止めた手のひらに鼻を寄せ、濃密な精臭を嗅ぐ。

股間にそろそろと指を伸ばせば、切なく疼く秘唇はしどけなく口を開け、トロリと愛蜜が滲んでいた。

今日は長い一日になりそうだった。

年末の十二月には、園美にとって初めての、ベリーダンスの発表会がある。

基本的には身内や友人が見学に来る程度の規模だが、誰かに披露するとなればやはり熱が入る。

発表会まで残り一ヶ月。園美もひときわ熱心にレッスンへ励んでいた。

そんな彼女を厳しくも優しい目で見守るのは、講師でもある妹の由利だった。

腰の振りひとつ取っても以前とは異なる熱の入りようで、情熱の踊りを見せつけたい相手を明確に思い描いていると感じられた。

やはり気になって、想い人はいないのかと尋ねてみても、園美は恥じらいに頬を染めてごまかすばかり。

結婚生活は夫一筋、死別してなおも区切りとされる三回忌まで想いつづけた生真面目な姉を、ここまで魅了する相手とはいったい誰なのか。

由利は気になって仕方がなかった。


十一月も半ばの頃。

夕方にレッスンが終了するも、昼まで晴れあがっていた空模様が突然崩れて雨が降りだした。

生徒たちの多くは雨宿りのため、レッスンルームにとどまり談笑していた。

と、誰かを迎えに来たか、傘を手にした一人の男性が現れた。

若い男の登場に、にわかに色めきだつ室内。

なにげなく様子を見ていた由利だが、人の輪から抜けだし男性の下へそそくさと駆け寄ったのは、意外にも姉の園美だった。

視線を向ければ、姪っ子である絵美の夫・洋司がにこやかに微笑んでいた。

娘夫婦と同居を始めた姉の生活が順調なのか気になっていたが、仲睦まじく過ごしているようだ。

安堵に微笑を浮かべ、傘を差し帰宅してゆく二人を見送る由利だったが、ふと違和感を覚えた。

娘婿を見つめる姉が、見たことのない表情をしていたのだ。

しっとりと瞳を潤ませ、熱を帯びた視線を投げかける様は、まるで恋する女のよう。

亭主が存命だった頃にも見た記憶のない、姉が見せる女の顔に、由利は強い興味を引かれる。

傍らの洋司は一見穏やかな笑みを浮かべているも、ときおり姉の豊満な肉体にじっとりと視線を絡みつかせ、優越感に浸った顔で口端を歪める。

「まさか、ね……」

あの貞淑な姉が、過ちを犯すなどありえない。ましてや、娘婿となど。

頭ではそう理解しても、もし生真面目な姉が道を踏み外していたらと思うと、怒りや悲しみではなく不思議な胸の昂りを覚える由利であった。

発表会が近づき、園美は週に二度はレッスンへと通うようになった。

教室で顔を合わせると、由利はそれとなく洋司について尋ねてみる。

「えっ。洋司さんをどう思ってるかって……。頼れる男の人だと思うわよ。絵美が、素敵な旦那さまに出会えてよかったわ……」

姉は驚き、戸惑い、恥じらいに頬を染めて話をごまかす。

まさに恋をした乙女の反応だ。

いい年をして、と馬鹿にする気には、由利はなれない。

恋愛に対して受け身だった姉は、幼馴染だった五つ年上の義兄の求愛を受け入れる形で交際を開始し、やがて早くに結婚した。

由利の知る限り、身を焦がすような恋を経験したことがないはずだ。

ゆえに、夫を亡くして独り身になった今、舞いあがってしまったのだろうか。

相手が娘婿というのが、妹としては頭を抱えるところだが。

「今度、久々に姉さんの手料理が食べたいな。遊びに行ってもいい？」

「あら、本当？　ええ、もちろんよ。うふふ、楽しみね。食べたいメニューのリクエストがあったら言ってちょうだい」

疑いの視線になどまるで気づきもせず、園美は両手を合わせて嬉しそうに微笑む。

由利は実際に姉と娘夫婦の生活を己の目で確かめることで、不貞の尻尾を摑まえることに決めた。

とはいえ、いざ証拠を摑んだとして、初めて見る幸せそうな姉の笑顔を前に自分がいったいどうしたいのかは、いまだはっきりとはわかっていなかった。

十一月後半の土曜日。

由利は姉の園美と娘夫婦が暮らす三上家へ、久しぶりにお呼ばれしていた。

夕飯をご馳走になった後、手土産に持参した赤ワインの瓶を開け、四人で楽しく語らった。

酔いが回れば隙を見せるかと思ったが、頰を朱に染めて娘婿へチラチラと熱視線を送るほろ酔いの姉はともかく、洋司に別段変わった様子は見られなかった。

程なくして、まずは絵美が酔いが回って眠ってしまい、次いで園美もトロンと瞼が下がりはじめる。

二人を洋司がそれぞれ部屋へと送ってゆく間に、小麦色の肌を赤く火照らせた由利は、部屋着にと持参したタンクトップとショートパンツへ着替える。

洋司がリビングへ戻ってくると、二人は並んでソファーに腰掛け、改めて呑み直すことにした。

「それじゃ、もう一度、乾杯。ごめんね洋司くん、付き合わせちゃって」

「いえ、呑み足りなかったし、ちょうどよかったですよ。絵美も園美さんも、酒はあまり強くないから」

嫌な顔ひとつせずグラスを傾けて笑う洋司に、酔いのせいだろうか、由利の胸がキュンと甘く疼いた。

(やだ。なにを意識しているのよ。いくら男の人とお酒を呑むのが久しぶりだからって……。今日は姉さんと洋司くんの関係をはっきりさせるために来たんだから。しっかりしないと……)

気を取り直した由利は、ダンスで鍛えられたスラリと伸びた長い美脚を見せつけるように組み、洋司へピトリと身体を寄せた。

「ねえ、洋司くん。絵美ちゃんとは、上手くいってるの？　その……そろそろ姉さんに、孫の顔を見せてあげられたりするのかな。ほら、義兄さんが亡くなって、寂しがっているでしょう。孫ができれば、気もまぎれるだろうし」

夫婦仲について尋ねると、洋司は苦笑しポリポリと頭を掻く。

「う～ん……。しばらくは、予定はないですかね」

「あら、どうして？　あんなにかわいい奥さんがいるのに。まさか、よそに女がいたりして」

言葉を濁す洋司に、由利はタンクトップから胸の谷間をさりげなく見せつけつつ、さらに距離を詰める。

少々先走りすぎかとも思ったが、酔いのせいか、自分でも加減が利かなくなっていた。

「ハハッ。いませんよ、そんな相手。今はまだ、絵美の方が乗り気じゃないみたいで。もう少し待とうかと考えているんです」

自嘲気味に笑う洋司に、由利は同情した素振りで腕を取り、ツンと突き出た美乳を布地の上からムニュリと押しつける。

「そうなんだ……。でも、それもつらいんじゃない？　まだ若いんだもの。遊びたいって思ったりもするでしょ」

理解ある女を演じ、由利はなおも探りを入れる。

自分でも大胆すぎると感じていたが、なぜか己を押しとどめられなかった。

と、洋司がククッと含み笑いをこぼす。

「なるほどね。由利さん、そこまで気になっていたんですか。絵美とはセックスレスの俺が、どうやって溜まったザーメンを処理しているのか……。へへっ。由利さんの、想像通りですよ」

穏やかな雰囲気を一変させた洋司が、由利の手を取り己の股間にペトッと重ねさせた。

想定外の大胆な行動に、由利は思わず悲鳴をあげる。

「キャッ？　ちょ、ちょっと。冗談がすぎるわよ。もしかして、悪酔いしちゃったのかしら？」

それでも年上として余裕を見せようと寛容な態度を取るが、洋司はニヤニヤと笑みを浮かべ、ズボンのチャックを下ろし生の肉棒を晒す。

「酔ってるのは由利さんの方でしょう。今日は随分と大胆ですよね。……俺のチ×ポに、興味津々なんでしょ。尊敬するお姉さんを牝にしたチ×ポを、そんなに自分でも味わってみたいんですか？」

逞しく反りたった勃起をすべらかな手に握りこませれば、由利はビクンッと肩を震わせる。

思わずゴクリと唾を呑みこむも、キッと洋司を睨み据え、信頼を裏切り姉へと手を出した罪を糾弾する。

「やっぱり姉さんに手を出していたのね。それも、牝にしただなんて……。あなたの奥さんの、母親なのよ。いったいなにを考えているの。こ、こらっ。そんなモノ、シゴかせないで。アァッ、ヌルヌルが手のひらに広がって……」

叱り飛ばそうにも、手のなかに広がる熱く硬い感触と溢れ出てくるぬめりが気になり、つい気が削がれてしまう。

大きな抵抗がないのをよいことに、洋司は由利の大きくくびれた腰へ手を回す。スタイル抜群の肢体をグイと抱き寄せ、ニヤリと笑い瞳を覗きこむ。

「絵美の母親だから、ですよ。セックスレスで欲求不満の俺を不憫に思って、優しい園美さんは性処理を買って出てくれたんです。園美さんも旦那を亡くして寂しがってたから、俺もあのムッチリした身体を慰めてあげたってわけだ」

「お互い様だとでも言いたいの？　おかしいわよ、奥さんの母親に手を出すだなんて。あなたにとっても、ずっと年上でしょう。どうかしているわ……。アンッ。

や、やめなさい。お尻を揉まないでっ」

開き直った洋司の物言いに呆れ、由利は理解できないと首を横に振る。

それでも本気で逃れる素振りを見せない由利に、洋司の卑猥な悪戯はエスカレートする。

「由利さんのせいでもあるんですよ。園美さんにセクシーなベリーダンスなんて教えて……。ただでさえ欲求不満なところに、あれだけ綺麗な人が清楚さに加えて色っぽさまで漂わせはじめたら、男なら手を出さずにいられないでしょ」

「わ、私が悪いと言うの？　あなたがいやらしいだけでしょう。そんなおかしな理屈、通るわけが……。アッアッ、胸までっ。触らないで、つぶれちゃうぅっ」

引き締まった美尻を揉みほぐす愛撫に加え、タンクトップの上から美乳までもグニグニと揉み搾る。

久方ぶりの男の手、それも乱暴なまでの手つき。

芯まで力強く揉みしだかれ、由利のしなやかな肉体はジーンと甘く痺れだす。

すでに洋司の手は重なっていないというのに、逞しく憤る怒張から手のひらを離せず、由利はアンアンと甘い喘ぎを漏らす。

勝ち気な態度の奥に秘めていたのは、男に愛される姉を羨む気持ち。

由利の望みを見抜いた洋司は、愛撫に加えて言葉で美しき叔母を籠絡する。

「でも、由利さんも優しい人ですね。俺が母親に手を出していると知ったら絵美が傷つくだろうと心配して、自分の身体を身代わりに差しだそうっていうんだから。優しいところは、園美さんそっくりだ」

「えっ？　私、そんなつもりじゃ……ンンッ？」

顔をあげた由利の唇を、ムチュリと塞ぐ。

熱烈に吸いたて、戸惑いに揺れる脳の動きを快楽でさらに鈍らせる。

由利はなぜ園美と洋司の関係をこれほどまで気にかけていたのか、自分でもようやくわかった気がした。

（そうか……。私、羨ましかったんだ。あの年になっても男を惹きつけてやまない……自分の娘の旦那さんまで虜にしちゃう、愛される要素のすべてを持った、姉さんが。だから……）

己の本心を理解した由利は、うっとりと瞳を閉じ、自分からレロレロと淫靡に舌を絡ませる。

手筒で包みこんだ肉棒も、コシュッコシュッとリズミカルに扱きたてはじめた。

「んむっ、チュパッ……そうよ。これ以上、絵美ちゃんを苦しめる真似も、姉さんに手を出すのも許さないわ。私が、あなたを満たしてあげる。もう姉さんをいやらしい目で見てはダメ……これからは私を、見つめるのよ」

切れ長の瞳をうっとりと細め、悩ましく舌をくねらせて淫靡に誘う由利に、洋司はニヤリとほくそ笑む。

由利の園美への対抗心は、想像以上に大きかったようだ。

羨望を抱くのと表裏一体で、愛され体質の姉への嫉妬も気づかぬうちに膨らんでいたのだろう。

ようやく手に入れた園美との甘く淫らな関係を壊されるくらいならば、由利も巻きこんでしまえばよい。

洋司もまた、由利の長い舌にネットリと舌を絡ませる。

誰もが振り返る美貌と抜群のスタイルを誇りながら姉へのコンプレックスから抜けだせぬ由利を、快楽に酔わせ救ってやろうと決めたのだった。

ソファーの上で腰を抱かれ、由利は舌を絡め合う濃厚な接吻に酔いしれた。

薄手の衣服の上からグニグニと揉みしだかれた乳房と尻たぶも、ジンジンと熱く疼いている。

いつしか自分から洋司の首に両腕を絡め、うっとりと瞳を閉じる。

ムチュムチュと唇を吸いたて、口移しの唾液をコクリコクリと嚥下する。

「情熱的だな、由利のキスは。いやらしくくねる舌がたまらないよ。何人もの男が、このスタイル抜群の身体に溺れてきたんだろうな……」

「ネロッ、レロッ。年上の女を簡単に呼び捨てにするなんて、悪いオトコね。それに、チュパパッ、人を尻軽みたいに言わないで。磨きあげた最高の身体を抱いていいのは、ムチュッ、私が認めた男だけよ……」

ダンス講師という常に視線を意識する職業だけあり、由利はプロポーションに絶対の自信を持っているようだ。

このまま情熱に溢れる接吻と極上ボディに溺れていたかったが、それでは過去に由利の身体を通り過ぎた凡百の男たちと変わらない。

名残惜しくも洋司は自分から唇を離し、明るい茶色の髪を撫でてやりつつ、しなやかな上半身を己の股間へグイと引き寄せる。

垂直に反りたつ怒張を眼前に突きつけられ、由利はゴクリと息を呑む。

「キスが上手いのはよくわかったけど、奉仕はどうかな？　園美が目に入らなくなるくらい、俺を魅了してくれるんだろう」

「え、ええ……そうよ。あなたのイケナイオチ×ポを、姉さんにイタズラできないように、私のトリコにしてあげる……ネロォッ」

由利は妖しく瞳を潤ませ、肉棒越しに洋司を上目遣いで見上げる。

真っ赤な長い舌をベロリと垂らし、根元からレロ～ッと舐めあげた。

（ンアァ……。こんな卑猥なモノを、いつもご奉仕させてるのね。オチ×ポから染み出るヌルヌルがまとわりついて、舌が溶けてしまいそう。何度も濃いお肉の味を味わわされるうちに、清楚な姉さんは狂わされていったのね……）

実を言えば、由利は男にかしずいて奉仕した経験はほとんどない。

彼女にとって性交とは、自分に見惚れる男を優越感と共に見下ろしダンスで鍛えられた腰使いで昇天させて魅了する、己の魅力を確認するための行為。

考えてみれば、心から幸福感を共有し相手に悦楽を届けたいと願った情熱的な出会いも、これまでなかった。

交際がいつも長続きしないのは、そういった気質のせいかもしれない。

ゆえに、相手に尽くすのに悦びを覚える性格の姉へ、知らぬ間に嫉妬と羨望が膨らんでいたのだろうか……。

レロッレロッと淫猥に舌をくねらせ、長大な肉棒にネットリと這わせる。

濃密な牡臭と肉の味に酔いしれた顔をニヤニヤと見下ろされ、たまらない恥辱に背筋が震える。

同時にゾクゾクと背徳の興奮も湧きあがり、さらに視線を釘づけにすべく、何度も舌を動かす。

「ああ、これほどの美人が俺の股間に顔を埋めて、挑発的な顔でチ×ポを舐めている……。最高の気分だ。でも、気持ちよさはそれほどでもないかな。思ったより舌使いも大人しいし。園美の方が丁寧なぶん、チ×ポが蕩けるくらいだ」

由利の舌奉仕に酔いしれながらも、洋司はあえて園美を引き合いに出す。

予想通りに姉への対抗心を駆りたてられた美女は、より大胆に舌をくねらせ肉棒をねぶり回す。

亀頭をベチョベチョと舐めねぶり、肉幹に舌を這わせてネロネロと唾液を塗りこむ。玉袋まで何度も舐めあげ、洋司の射精欲求をグングン引きあげる。

「レロッレロッ。これでも姉さんの方が、ンハァ、上手だっていうの？　清楚で恥ずかしがりやな姉さんには、ベロォ〜、こんな大胆な真似はできないでしょ」

「くあぁっ。たしかに、嬲り回されるこの快感は園美とじゃ味わえそうにないな。ああ、ザーメンがあがってくる。チ×ポが痺れて、興奮がとまらないっ」

洋司はソファーにあずけた背をググッと反らせ、たまらなそうに腰を浮かせる。

由利は男を悶絶させる優越感にゾクゾクと胸を震わせる。

舌をくねらせるうちに見つけた肉棒の弱点、亀頭の傘裏へ徹底的にベチャベチャと舌を打ちつけ、洋司を絶頂へと追いこむ。

「レロレロッ、ベチョッベチョッ……。フフ、オチ×ポ、ビクンビクン暴れてるわよ。もう我慢できないのね。私の舌、ネロンッ、姉さんよりスゴイでしょ。ほら、ガマンしないでいいのよ。キモチよくてたまらない顔、私に見せなさい」

姉を狂わせた若い男を、乱れさせ、虜にする。

女として園美より上に立てた愉悦に酔いしれ、ひたすらに肉棒を翻弄する。

だが、あの貞淑な姉を籠絡した洋司は、受け身なだけの男ではなかった。

射精の瞬間、由利の頭を摑んで固定し、亀頭の先端をグイと突きつける。

「園美にも負けない、情熱的で激しいベロ奉仕だったぞ、由利。そらっ、ご褒美だ。尊敬する姉の大好物のザーメンを、綺麗な顔でたっぷり受け止めろっ！」

「ヒッ？　ま、待ってっ。ダメよ、やめなさい、ンハアァァーッ？」

制止の声も聞かず、洋司は由利の美貌めがけてビュバビュバーッと盛大に大量の白濁をぶちまける。

自慢の美貌が汚濁で塗りつぶされる狂おしい恥辱と、まだまだ水を弾く美肌を淫熱で焼かれる狂おしい火照り。

由利は悲鳴をあげてしなやかな肢体をビクビクとのたうたせる。

「アツイ、アツイわぁっ。男に汚されるなんてっ。んぷあぁっ、ま、まだ止まらないの。もうやめて、ぷはぁっ、顔が溶けちゃうわぁっ」

「ああ、セクシーな由利の顔を汚すのは、最高に興奮するぞ。まだまだこみあげてくるっ。ほら、コイツを味わってみたかったんだろう。園美が夢中になって啜るザーメンだぞ。姉妹仲よく、俺のニオイを染みつけてやるっ」

美貌のダンサーがもがき逃れようとするほど、洋司の興奮は駆りたてられる。

由利の手を取り、彼女自身に肉棒を握りこませ、ガシュガシュと扱かせる。

ブビュッ、ブビュッと白濁が噴きあげ、汚辱にまみれた美貌をさらにベチャベチャと塗りつぶし、真っ白に染めあげる。

(ンアァッ、ドロドロがへばりつくっ。頬がグズグズに溶けだしそうよ。ひどいニオイで、頭がクラクラする、気が狂いそう……。姉さんも、こうして汚されたの。男の欲望に染めあげられて、よろこんでいたの……？)

普段の由利なら、洋司を突き飛ばしていたかもしれない。

だが、憧れの姉は嬉々として受け止めていたと聞かされ、身体が甘く痺れて動かない。呆然と迸る白濁の雨に美貌を晒し、悩ましい喘ぎを漏らす。

やがて、大量の放出も勢いを弱め、完全に射精が止まる。

美貌を汚し尽くされた由利はすっかり呆けて動けず、充満する精臭にヒクヒクと身悶えるばかり。

洋司は園美に続き由利をも己の精で染めあげた満足感にニヤニヤと笑みを浮かべ、いまだ憤ったままの肉棒を由利の汚れた頬へグジュリと押しつける。

「ンヒイィ……。や、やめて……押しつけないで。ネバネバが、ンアァ……顔に、染みこむ……。オトコのニオイが、取れなくなるぅ……」

「真逆の性格かと思ったけど、酒とザーメンに弱いところは園美とそっくりだ。今まで、派手な外見に寄ってくる男としか出会ってこなかったんだな。本当は園美と同じ、愛されたがりなのに。今日はたっぷり、俺がかわいがってやるよ」

わかったふうな口を利く年下の男に見下ろされ、胸がチリチリと疼く。

そんな屈辱感も、濃密な牡臭に包まれ逞しい肉塊で美貌を撫でられていると、ぬめり蕩ける卑猥な快感にグジュグジュと呑まれ、溶けて消える。

髪を撫でる頼もしい手の温もりが、今はなんとも心地よい。

人としての本質はたやすく変わるものではないが、今は憧れた姉に倣い、男に身を委ねて淫らに染まるのもよいかもしれない。

いつしか由利は自分から肉棒に頬を擦りつけ、ヌチャヌチャと卑猥に汚濁が広がる感触へしばし酔いしれたのだった。


全裸でソファーにどっかりと座り、一度射精したばかりとは思えぬほど逞しく垂直に肉棒を反りたたせた洋司。

由利もまた洋司の前で、均整の取れた美しい裸体を惜しげもなく晒す。

両手を頭の後ろで組み、大きくくびれた細い腰をグイングインとくねらせる。

挑発的な笑みを浮かべ、姉を魅了した年下の男を淫猥に誘惑する。

「ほら、どう？　姉さんじゃできない腰使いでしょう。もっと私を見て。あなたの視線を、釘づけにしてあげるわ……アハァ」

様々なダンスを学んできた由利だが、誰か一人のために踊るのは初めてだ。

衣装も身につけず熱い視線を生肌に浴びての舞いに、身体が火照り珠の汗が煌めき、湿った吐息が漏れる。

弾む美乳、揺れる小尻。牡を誘い波打つ腰のライン。

洋司は生唾を呑むも、あえて前がかりにならず、笑みに余裕を滲ませる。

「最高にセクシーだよ、由利。見られるために磨きあげた、極上の身体……。なにもしなくても牡を惹きつける、天然物の園美のムッチリボディとは真逆だな」

あえて姉を引き合いに出すと、対抗心を燃やしたか淫靡な舞いは激しさを増す。左右のくねりに前後の動きも加えて腰を振りたて、洋司の興味を園美から引き剝がそうと股間を露わに見せつける。

「そうよ。姉さんはズルイのよ。優しくて、温かくて、生まれながらに誰からも愛されて……。だから私は、姉さんにはない魅力を手に入れたの。誰もが姉さんじゃなく、私を見るように。あなたも、私に夢中になりなさい……ンハアァ」

本来なら、牡を誘う媚びた踊りなど、由利にとって唾棄すべきものだ。

だが今は、目の前の男を姉以上に魅了したくてたまらず、腰のくねりを止められない。

淫猥極まりない誘惑に、洋司は由利の肢体を視姦し、ガシュガシュと肉棒を扱きだす。

「たしかにベリーダンスを始めたばかりの園美じゃ、ここまで男をそそるのは無理だろうな。もっと、園美じゃできないセクシーなポーズで俺を誘ってみせてくれよ」

「フフッ。その気になってきたわね。いいわよ。あなただけに特別に、見せてあげる。ンアァッ、こんなのはどうかしら？」

洋司に煽られ、由利は艶然と笑みを浮かべ、さらにググーッと大きく肢体を仰け反らせる。

肉付きは柔らかいが柔軟性に乏しい園美に比べ、日々己の肉体を磨きつづけてきた由利は、いともたやすく背筋を折り曲げてみせた。

両脚を肩幅に開いたまま上体を反らせ、頭が床につくほどの見事な弧を描き、魅惑のブリッジを披露する。

すると洋司は突然立ちあがり、由利のくびれた腰をがっちりと両手で摑んで固定する。

無防備な膣穴へ、猛る怒張をズボリと一息に突き入れた。

「ンアヒイィーッ!?　い、いきなりなにをするのぉっ！」

「ここまで見せつけられて、いつまでも黙っているわけがないだろ。ダンスで鍛えた自慢のボディの味、確かめさせてもらうぜ。園美のマ×コと食べ比べしてやる、そらっそらっ！」

突然の挿入に仰け反ったままビクビクと痙攣する由利へ、洋司は容赦なく腰を前後に振りたて、ズボッズボッときつい膣穴を乱暴に犯してゆく。

体勢を戻そうにも、膣奥を亀頭でズンと穿たれるたびに鮮烈な痺れが全身を襲い、身体に力が入らない。

由利はブリッジポーズのまま、美乳を上下にブルンブルンと大きく弾ませ、味わったことのない苛烈な突きこみに喘ぎ悶える。

「ンアッンアッ、ンハアァンッ。こんなポーズで、乱暴に犯されるなんてぇっ」

「くあぁっ、マ×コがギチギチ締めつけてくるぞ。鍛えているだけあって、締まりも抜群だな。このまま入れっぱなしでもすぐに射精できそうだが、せっかくセクシーなダンスとポーズを披露してくれたんだ。まだまだお礼をしないとなっ」

優しく包みこみ肉棒を蕩かして絶頂へ導く園美の蜜壺とはまた異なる、ギュムギュムとひっきりなしに搾りあげリズミカルに射精へ引きあげる極上の名器。

痺れる快楽に身を委ねたいところもあったが、受け身では由利を満たせない。

幸い、先ほど射精したばかりでまだ余裕はある。

洋司は尻の穴をグッと締め、由利の股間と引き締まった太腿へさらにガツガツと腰を叩きつける。膣奥をズコズコと何度も突きあげ、性交の快感を叩きこむ。

「アヒッ、アヒィッ！　は、はげしすぎるわっ。何度もオチ×ポを叩きつけられて、アッアッ、オマ×コがこわれるぅ。私の知ってるセックスと、全然ちがう。身体がしびれる、バラバラになりそうよっ」

「たまには男に主導権を握られるのもいいものだろ。マ×コの感触と締めつけ方はまるで違うが、悦ぶとスケベにキュムキュムうねる反応はそっくりだな」

姉と膣の具合を比べられる羞恥に、由利の腰がクネクネと揺れる。

性交の傾向まで見透かされて、仰け反り下になった頭にますます血流が集中し、脳がクラクラし思考が乱れる。

「アンッアンッ。おっとりした姉さんも、乱暴なセックスで追いこんだの？　獣のように犯して、ンアァッ、従順になるまで躾けたのね。なんてオトコなのっ」

「おっと、勘違いして怒らないでくれよ。あのやわらかなボディじゃ本当に壊しかねないからな。じっくり丁寧に抱いてやっているさ。こうして全力で突きまくれるのは、由利が相手だからだ。極上のキツマン、征服してやりたくなるっ！」

腰振りの連続に疲労も浮かぶが、突けば突くほど締めつけを増す牝穴に魅了され、悦楽を貪るのをやめられない。

繰り返されるピストンに、由利の子宮はジンジンと狂おしく燃えあがる。

おそらく至高であろう姉のトロ肉の感触を知っていてなお、洋司は獣と化し、夢中で由利に劣情をぶつけている。

突きこみのたびにブルンと弾む胸が、奥まで熱く疼いて高鳴りが止まらない。

由利は貫かれたままゆっくりと上体を起こし、性交に溺れる洋司の顔を潤んだ瞳で見つめ、陶然とした表情で微笑みかける。

「いいわ洋司くん、好きなだけ突いてっ。姉さんとじゃできない激しすぎるセックス、アハァンッ、私となら思いきり味わわせてあげるわ。あなたのすべてをぶつけて、私を熱く染めあげてぇっ！」

情熱的な求愛と共に、ギュムムッとひときわ強烈に収縮する牝穴。

摩擦の連続で肉棒が痺れっぱなしのなか、それでも洋司は由利の熱い求めに応えてひたすらに腰を振りたくり、絶頂の際へ追いたてる。

「くおぉっ、また射精があがってきたぞ。ピクピク痙攣したままマ×コがチ×ポを搾りまくるっ。イキたがりでおねだり上手なところも姉とそっくりだな。ぶちまけるぞ、由利。園美よりドエロく、俺のザーメンでイキ悶えてみせろっ！」

姉を酔わせ牝に変えた子種が、自分にも無責任に容赦なく注ぎこまれる予感。

反り返った背筋にゾクゾクと背徳感が駆け抜けるも、由利は目の前で燃え盛る灼熱の快楽を拒めない。

むしろ自分から積極的に手を伸ばし、射精寸前の膨れあがった怒張をギュギュッと根元から搾りあげる。

「アッアッ、イカせてっ、私も姉さんのように愛してぇっ。ザーメンを注いでっ、あなたの女にしてぇっ。ンアァァーッ！　ズンズン突かれてる、奥まで突きこまれてるぅっ。イクッイクッ、イクッ、イクウゥゥーッ!!」

ラストスパートをかけた洋司が、火の出る勢いで膣奥へ亀頭を打ちこむ。

電撃のような快感が全身を襲い、由利はビクビクッと肢体をのたうたせる。

股間を肉棒に貫かれ肢体を文字通り折れんばかりに仰け反らせ、由利はたまらず絶頂のいななきをあげ、圧倒的な快感に呑みこまれる。

グネグネと蠕動の止まらぬ媚肉にひたすら揉み搾られて、洋司の肉棒も再び限界を迎え、ブビュブビュゥーッと猛烈な勢いで精液を吐きだした。

閉じることを忘れた嬌声の止まらぬ口を由利は最後に残った理性をかき集めて手で塞ぐも、指の隙間からくぐもった淫らな呻きが悩ましく漏れ響く。

「ふむうぅっ、んむふうぅーっ!?　いふっ、いふうぅぅーっ!!」

絶頂に痙攣する肢体をさらに一段階押しあげる強烈な射精に、大きく目を見開き、どんなダンスよりも激しく腰を震わせて悶え狂う。

牝の咆哮は射精中の牡を極限まで獰猛に変える。

洋司は由利のくびれた腰をがっちり摑み、痙攣する小尻を全力で引きつける。子宮口に亀頭を強引に捻じこんで、ドビュルルーッ、ブビュルルーッとひたすらに灼熱の白濁を注ぎこみ、子宮までドロドロに染めあげた。

「くはあぁっ！　マ×コがイキながらチ×ポを搾ってくるっ。出すぞ由利、心配しなくても溢れるまで注いでやるっ。一滴残らずぶちまけて、姉妹仲よく俺の匂いを染みこませてやるからなっ！」

目を血走らせた洋司の征服欲に満ちた唸りを、由利はしなやかな肢体をビクッビクッとわななかせ、すっかり血が昇った頭で呆然と聞いていた。

（アァッ、これが姉さんを狂わせた射精なのね！　激しすぎるわ、身体が芯から焼き尽くされるみたいっ。ドロドロに煮詰まったザーメンが、ジクジクとオマ×コに染みこんでる……。私も、姉さんと同じ……この子の女になったのね……）

姉への対抗心もコンプレックスも、いつしか灼熱の白濁でグズグズに溶かされ、霧散する。

同じ女でも憧れずにいられない魅惑の豊満ボディを味わってもなお、洋司は磨きつづけた自分の肢体にも同等の価値を見出し、求めてくれた。

由利は肉棒に深々と貫かれてどんなダンスよりも美しく扇情的に肢体を反り返らせたまま、初めて心も身体も深い満足感に満たされる。

幸福そうに頬を緩ませ、姉も味わった男に愛される悦びにうっとりと酔いしれるのだった。


いくら抜群の柔軟性を誇る肢体とはいえ、長い射精の間じゅう折れんばかりにアーチを描きつづけ、限界を迎えたようだ。

助けを求めてピクピクと震える手を伸ばす由利に、洋司は両腕をくびれた腰に回して仰け反った上体をグイッと抱き起こす。

由利の驚くほど軽い肢体を抱えたままボスッとソファーへ再び腰を下ろすと、しばし対面座位の姿勢で密着し、互いに荒い息を整えた。

「ンハアァ……。すごいわね、洋司くん。あの清楚な姉さんが、夢中になっちゃうのもわかるわ。義兄さんは穏やかな人だったから、こんな激しすぎるセックス、経験したことはなかっただろうし……」

「そうかな。俺はただ、園美を欲しい気持ちをぶつけているだけだから……」

二度も劣情を大量に吐きだしたためか、洋司は普段の落ち着いた雰囲気を取り戻していた。

「フフッ。じゃあこれほど激しくイカされた私も、姉さんに向ける情熱のうちのいくらかは注いでくれたってことかしら。……ねえ。私と姉さん、どっちがよかった……？」

ぽ〜っと絶頂の余韻に浸り瞳を潤ませ、由利は洋司の肩に顔を埋め、尋ねる。

洋司はしばし逡巡したが、やがて真面目な顔で紅潮した由利の横顔を見つめ、ゆっくりと口を開く。

「……ごめん。やっぱり俺は、園美が……」

続く言葉は、しなやかな人差し指で遮られる。

由利にははじめから答えがわかっていた。

「その先は、言っちゃダメ。いいわ、今はそれで。……でも、私って意外と、諦めが悪いのよ。いつか、姉さんからあなたを奪っちゃうかも。覚悟しておいてね」

由利はいたずらに笑い、唇を寄せてくる。

四十を超えてなお、女として魅力を増した姉。

その理由を理解し、自らも経験して姉に近づけたことで、今は十分だった。

洋司も応え、唇を重ねる。

もし先に出会っていたのが由利ならば、迸る情熱にあてられて誰よりも魅了されていたかもしれない。

二人は目を閉じ舌を絡め合い、もうひとつの幸福な可能性にしばしのあいだ溺れていった。


そんな二人を見つめる、ひとつの視線。

胸騒ぎがしてほろ酔いに力の入らぬ身体を引きずりリビングへとやってきた園美は、扉の向こうに思わぬ光景を覗いてしまい、息を呑んだ。

情熱的に肉体を貪り合う、妹と娘婿。

自分を抱く時よりも遥かに激しい、打ちつけ征服するような腰使い。

見ているだけで肉体が熱く燃えあがり、子宮がジンジンと疼く。

やがて腰が抜けた園美は、壁にもたれてズルズルとへたりこむ。

なんとか両手で口を押さえ漏れかけた声は呑みこんだものの、美熟女は立ちあがれぬまま、若い二人が互いを求め合う光景を呆然と見つめたのだった……。

第五章　だめ、こんな場所じゃ

火照りきった完熟女体を

由利と関係を持った日を境に、洋司は園美をしばらく抱いていなかった。

共に暮らすなか、妻の目を盗んでスッと近寄りそれとなく腰を抱いてみても、園美はスルリと抜け出てしまう。

「ごめんなさい。今は、発表会に集中したいの……。もう少しだけ、待っていてくれる？」

伏し目がちに視線を背ける横顔は、なんとも物憂げで麗しかった。

洋司を完全に拒絶しているわけではないのは、胸に抱えたなにかを懸命に押しとどめている様子から切なく伝わってきた。

「……わかったよ。園美さんの本気のベリーダンス、楽しみにしてる」

洋司もまた湧きあがる想いを呑みこみ、彼女の出す答えを待つことにした。

ダンス教室においても、踊りに没頭する園美の姿は日に日に存在感を増していた。

普段の柔和な雰囲気は影をひそめ、誰を思い浮かべているのか一心不乱に腰をくねらせる様子は、同年代の受講生たちを圧倒する。

同性といえど視線を惹きつけてやまぬ園美の舞いに、他の熟女たちも熱量が伝播したか、自然と踊りに力が入る。

発表会に向け、レッスンルームは異様な熱気に包まれていった。

発表会の前日。

園美は由利に頼みこみ、特別にマンツーマンの個人レッスンを受けていた。

ここまでくれば、細かな指導は必要ない。

雪白の肌を朱に染めて珠の汗を浮かべ、豊満な肉体を揺らし腰を振る姉の姿を、由利はただ黙って見守った。

「そろそろ終わりにしましょ、姉さん。これ以上は明日に疲れが残っちゃうわ」

気づかぬうちに、時計の長針が一周していたらしい。

由利に声をかけられ、園美はようやく腰の動きをとめ、深い息を吐いた。

「はぁ、ふう……。あら、もうこんな時間。そうね。由利、今日は付き合ってくれてありがとうね。あなたも忙しいのに……」

「いいの。気にしないで。ねえ、姉さん。……明日の本番、がんばってね」

由利はタオルを差しだし、園美の手を取りキュッと握る。

今日の個人レッスンには明日への最終調整以上の意味が込められているのに、うっすらと感づいていた。

「応援、してくれるのね。わたしを……」

「フフッ。これまで何人も教えてきたけれど、やっぱりアマチュアクラスだもの。今の姉さんほど踊りに情熱を込めている人は見たことがなかったわ。伝えたい想いがあるんだと、痛いほど感じているもの。邪魔なんてできないわよ」

自嘲気味に笑う由利に、園美は胸を締めつけられる。

「由利……。いいの、あなたは……？」

「勘違いしないでね。あのおっとりした姉さんに熱く火をつけたのがどんな相手なのか、少し気になっただけだから……」

自分よりも遥かに経験を重ねてきただろう妹は、すべてを理解していたのだ。

園美は両手を伸ばし、由利のしなやかな肢体をギュッと抱擁する。

「ごめんなさい、由利……。悪いオンナよね、わたしは」

「そうかもね。でも、自分の心に正直な人が、私は好きよ。姉さんも女なんだってわかって、なんだか嬉しかったわ。……大切な娘を傷つけたとしても、ほしくてたまらないんでしょ？　なら、手に入れなきゃ」

明日の発表会が終わったら向き合わねばならぬと考えていた妹からの思わぬ励ましに、園美は胸が熱くなる。

「ええ。明日はせいいっぱい踊るわ。あの人に、見てもらうために……」

たとえ誰にそしられ、なじられようとも、湧きあがる想いを抑えられない。

園美は明日の本番に向け、母の顔を捨て一人の女になろうと改めて決意した。

そして迎えた、発表会当日。

デート用のワンピースに身を包みはしゃぐ絵美とは対照的に、洋司は悶々とした想いを抱えて会場の公民館を訪れた。

ロビーへ向かうと、来賓へと挨拶をするドレス姿の由利を見かけた。

「あっ、絵美ちゃん、洋司くん、いらっしゃい。今日は楽しんでいってね」

二人に気づいた由利は、明るく声をかけてくる。

少しのあいだ絵美と談笑していたものの、次々訪れる来客への応対に追われ、由利は軽く手を振って二人のそばを離れてゆく。

だが去り際に、洋司の隣へスッと寄り囁いた。

「姉さんの踊り、しっかりと見てあげてね」

洋司はコクリと深く頷く。

「ああ。楽しみにしてる」

短いがきっぱりとした洋司の返事に、由利は微笑を浮かべ、来客の下へと歩いていった。


座席についてしばらくすると、公演の幕が開いた。

とはいえ、やはりアマチュアの発表会だ。

目を惹くほどの美女もいなければ、踊りもまだまだぎこちない。

しばし退屈な時間が続き、洋司はあくびを噛み殺す。

一方で、隣の席の絵美は大胆なドレスに身を包んで舞い踊る女たちに興味を持ったか、目を輝かせてステージを楽しそうに見つめていた。

やがて三十分ほど経過した頃、ようやく待ちわびた美熟女がステージに姿を現した。

園美はあの日洋司を一瞬にして魅了した、雪白の肌を大胆に晒した真紅の扇情的なドレスに身を包んでいた。

無数のスパンコールが煌めく極小トップスは、トップとアンダーの差が以前より大きくなったためか、たわわな胸元をより悩ましく強調する。

レッスンにより磨きのかかった熟れた肉体は、ムッチリとした肉付きはしっかり残しつつ、なんとも悩ましいくびれを手に入れていた。

緊張しているのかときおりクニクニと歪む形よい丸い臍が、視線を釘づけにしてやまない。

赤のロングスカートへ大胆に切りこんだスリットから覗くムッチリとした美脚もまた、以前に増して流麗なラインを描き、見る者を魅了する。

ステージに立つ義母の姿は、本職のダンサーにも引けを取らぬあでやかさを誇っていた。

朗らかな笑みを浮かべた家での普段の様子とはまるで異なる佇まいに、早くも洋司は胸が熱くなり、ゴクリと息を呑んだ。

洋司だけではない、誰もが園美の魅惑の肢体に視線を集中させるなか、オリエンタルなミュージックが会場に流れはじめる。

園美は見せたことのない蠱惑的な微笑を浮かべ、腰をクイックイッとリズミカルにくねらせる。柔らかな女肉が悩ましく波打つ。

大きく伸ばした両手をユラリユラリとしなやかに揺らめかせ、やがて全身を連動させてクルクルとステージの上を回り、舞い踊る。

ピンと神経を行き渡らせた指先は常に妖しくくねり、見る者を情熱的に誘う。

この日のために磨きあげたムッチリとした下半身は、激しい舞いにも体幹が揺らぐことはない。

ステップを刻むたび、薄く透けたスカートの布地越しに豊満な尻たぶがたわみ、トップスに強調された乳房がブルルンッと弾んだ。

誰もが魅惑の踊り子に目を奪われるなか、園美の視線はただ一点に向けられている。

炎を宿した瞳に射抜かれ、洋司の魂もカァッと熱く燃え盛る。

と、洋司の手をキュッと握る、小さな手。

絵美はステージ上の母に魅了されたまま、ポツリと呟く。

「すごいね、ママ。キレイ……。ベリーダンスって、こんなにもセクシーなんだ……」

「ああ、そうだな……」

洋司は言葉を発するのすら惜しいと感じ、舞い踊る園美の姿をひたすら目に焼きつける。

気づけば会場内に大きな手拍子が巻き起こる。

だが園美は、湧きあがる想いをただ一人へ伝え届けることだけに集中し、肉感的な肢体を燃やし尽くして情熱的に踊りつづけたのだった。

園美のステージが終わると、洋司は居ても立ってもいられず席を立ちあがる。

幸いにも、絵美は感動の余韻にぼうっと浸ったまま、陶然とした表情で席から動けずにいた。

トイレに行くと告げて控室へと向かった洋司は、係員に身内だと告げ、園美を呼びだす。

少し間をおき、衣装姿のままの園美がいまだ息を弾ませて室内から出てきた。

「あっ。洋司さん。わたしの踊り、見ていてくれたかしら。……キャッ？」

洋司はギュッと園美の手を力強く握りしめ、返事もせずに歩きだす。

しばらく歩いてステージの喧騒が遠くに聞こえる無人の廊下までやってくると、戸惑う園美を物陰へ押しこみ、熱烈に唇を奪った。

「うむぅっ？　だ、だめよ。こんな場所でキスなんて……誰かに見られたら……あむぅん……」

はじめは驚きに身をくねらせて抵抗した園美だが、ステージの残り火がくすぶった肉体は、待ち望んだ愛しい男の接吻をすぐに受け入れる。

しどけなく両手を洋司の首に絡め、衣装の上からたわわな乳房をひしゃげるほどムニュゥッと押しつけ、ムチュムチュと熱く接吻を返す。

激しい踊りに乱れた義母の黒髪を愛おしげに撫で、洋司は久方ぶりの接吻に酔いしれる。

「あんなセクシーなダンスを見せられたら、我慢できるはずないだろう。たまらなく色っぽかったよ、園美……。俺も今、苦しいほど体が熱くなってる」

「ハァン、うれしい……。わたし、きちんと想いを伝えられたのね……」

情熱を込めた舞いは、秘めた想いを正しく届けられたようだ。

園美はうっとりと目を細め、ネチョネチョと舌を絡ませて幸福に浸る。

しばし時も場所も忘れ、二人は濃厚な接吻に溺れて溶け合う。

だが洋司が衣装の上から乳房をムニュリと摑むと、園美は悩ましく腰をくねらせるも、身を捩って密着した肌を離す。

「アンッ。これ以上は、今はだめ……。おねがい、今夜まで待ってちょうだい」

状況を考えれば当然の反応だが、洋司は名残惜しげに園美の腰を抱き、ムニムニと乳房を揉みたくる。

「しばらくおあずけにしたくせに、あれだけの踊りを見せつけて、まだ焦らすのか。ひどい女だな、園美は……」

「ンッ、ンッ……。ごめんなさい。わたしも、今すぐにでもあなたに、熱くなった身体を抱いてほしいわ……。でも、誰かの視線を気にしながらなんてイヤなの。今夜、改めて……あなただけのために、踊らせてちょうだい」

潤んだ瞳で熱く訴えかけられては、こみあげる劣情を呑みこまざるをえない。

名残惜しくもしっとりと汗ばんだ豊満な肉体から腕を離し、コクリと頷く。

「わかったよ。今夜、楽しみにしてる」

「ええ。待っていてね……」

園美は艶然と微笑み、しゃなりと腰をくねらせ肉尻を揺らして控室へ戻ってゆく。

洋司もまた、背中から抱きしめたくなる気持ちを懸命に抑える。ここ数ヶ月でグッと悩ましさを増した義母を見送ると、妻の待つ客席へ向かうのだった。

発表会の後、洋司たちは義母をねぎらうために予約した駅前の高層ホテルへ訪れ、最上階の展望レストランでディナーを楽しんだ。

特に絵美はいたく感銘を受けたらしく、目をキラキラと輝かせていかにドレス姿で舞う母が美しくあでやかだったかを熱っぽく語りつづけた。

赤ワインのグラスを傾け聞いていた園美は、娘のあまりの絶賛に、真紅の液体よりも頬を赤く染めて照れくさげに微笑む。

洋司は絵美にときおり同意を求められて頷きを返しつつ、ステージの情熱的な姿とはまた違う園美の落ち着いた佇まいに、ますます魅了されるのだった。

ディナーを終え、三人は宿泊予約した部屋へと向かう。

本来なら娘夫婦と園美に別れるところだが、絵美はまだまだ母と話し足りなかった。

母娘に二人部屋を譲り隣室へと向かう洋司に手を振ると、絵美はカードキーで鍵を開け、母の手を引いて部屋へと入る。

自宅とは違う高級感溢れるホテルの室内と大きなベッドに興奮冷めやらぬ様子の絵美を、園美は慈愛に満ちた瞳で見つめる。

それでも日付が変わる頃になると、はしゃぎ疲れたのか甘えてしなだれかかり、ふわあぁ……と締まりのないあくびを漏らした。

園美は優しく娘を抱き寄せ、膝の上にコテンと乗った頭を愛おしげに撫でる。

「ねえ、ママ……。わたしもベリーダンスをはじめたら、ママみたいに色っぽい、大人な雰囲気の女性になれるかな……」

「ええ。きっとなれるわ。あなたはわたしの、自慢の娘ですもの……」

母の言葉と太腿から伝わる温もりに、絵美は嬉しそうな微笑を浮かべ、まどろみに呑まれていった。

しばしスヤスヤと寝息を立てる愛娘を見つめていた園美は、改めてベッドに寝かせ布団を肩まで掛けてやり、ゆっくりと立ちあがる。

娘の顔を無言でジッと見つめると、前屈みになり、頬にそっと唇を重ねた。

「ごめんなさいね、絵美……。今夜、あなたの母親ではなく一人の女になるわたしを、どうか許してちょうだい……」

切ない瞳で娘を見つめるも、胸に湧きあがる熱い想いを止められない。

園美は眠る絵美を起こさぬよう、足音を立てず静かに洋司の待つ隣室へと向かった……。


「ンアァッ……ハアァンッ……。踊っている最中に、身体に触れるなんて……」

薄明かりのみをぼんやりと灯した、ホテルの一室。

昼間も身を包んだ発表会用の真紅のドレスに再び着替えた園美は、しどけなく開いたぽってりと肉厚な唇から熱く湿った吐息と甘ったるい喘ぎを漏らす。

ステージ上で観客の視線を釘づけにした豊満な肉体は、すっかり力が入らずプルプルと悩ましく柔肉を波打たせるばかり。

真っ直ぐ立っていられず、園美はムッチリした美脚をはしたなくがに股に開いてなんとか身体を支える。

ベッドの縁に腰掛けた全裸の洋司は股間を弾けんばかりにいきりたたせ、ステージ衣装の美熟女に手を伸ばし好き放題にまさぐっていた。

「いいだろう。今夜の園美は、俺だけの踊り子なんだ。たっぷりとこのセクシーなボディを楽しませてもらうぜ」

ブラジャー同然の極小トップスの上から、たわわな豊乳をグニュグニュと揉みしだく。スカートのスリットへ手を差しこみ、揺れる尻肉を手の痕がつくほどグニグニ揉みたくる。

久方ぶりの力強い愛撫はジーンと女芯に響き、ステージではあれほどリズミカルにくねっていた腰がカクカクと調子っぱずれに情けなく揺れる。

「アンッアンッ。身体がアツイわ、芯から疼くのっ」

「乱暴に揉まれて感じてるのか？　初めて抱いた時より、随分と感度がよくなったな。ベリーダンスさまさまだぜ。大勢の視線を浴びて踊って興奮したのか？　清楚だった園美も、すっかり大胆な女になったもんだ」

洋司の手がトップスの内側へ潜りこむ。

すでにぷっくりと膨らんでいる乳輪をクニクニと指で押しつぶし、乳房全体をムニュッムニュッと揉み搾る。

奥から快楽を搾りだされて、ますます園美の喘ぎに艶が滲む。

「ンハアァッ。衣装が伸びちゃうわ。お乳、だめぇ。見られて、興奮だなんて……。緊張はしたけれど、よく覚えていないわ。あなたしか見ていなかったから……」

豊満な肉体を悶えくねらせるも、園美の瞳はしっとりと熱を帯びて潤み、洋司を切なげに見つめる。

洋司の胸もカァッと燃え盛ったが、照れ隠しでますます愛撫の手はねちっこさを増す。

「本当か？　奥さんとの付き合いで連れだされただろうオジサンたちは途中まで皆退屈していたけれど、園美がステージに登場したら色めきだってたぜ。やっぱりあの日、俺のモノにしておいてよかったよ。誰にも渡さないぞ」

グイと園美を引き寄せ、衣装の上から乳房の谷間にムギュッと顔を埋める。

蕩ける柔らかさをたっぷりと堪能し、汗ばんで色濃くなった熟牝の女臭をじっくりと嗅いで心ゆくまで酔いしれる。

「アァンッ。ニオイを嗅がないでちょうだい。汗がたくさん染みこんでいるから……はうぅ。予備もあるのに、どうして一度着たドレスをまた着ろなんて……」

「ステージで一度着たドレスだからいいんだよ。皆の視線を釘づけにした極上の踊り子が、俺の女だと実感できるからな。たっぷりと染みこんだフェロモンも、ムンムンと溢れてきてたまらないぜ。スーッ、ハーッ……」

牝臭を嗅がれ羞恥でゾクゾクと背筋が震えるも、肢体が火照ってたまらない。

園美はおずおずと両手を伸ばし、洋司の顔を胸の谷間でムニュッと包みこみ、ひしゃげる柔乳をムニムニと押しつける。

「セクシーなダンスで、このプルプルのデカ乳も弾みまくってたぞ。俺に吸われるのを想像して揺らしてたのか」

「アッアッ、衣装の上から吸うなんて。ハアァン、お乳が洋司さんにイジメられてるわ。アンアンッ、先っぽクリクリしちゃだめ、チュパチュパしないでぇっ」

衣装に透けるほどはしたなく勃起した乳首が、右は布地ごと吸いたてられ、左は直にシコシコと扱かれる。

両乳首からはじける痺れる快感に、園美はクネクネと腰を淫らに揺する。

洋司の両手は徐々に下り、肉付きのいい脇腹をサワサワと撫で、以前よりくびれが浮き出た腰をしっかりと摑む。

次いで唇も雪白の肌をなぞり、唾液の痕を残してツツーッとふくよかな下腹を這う。

ピクピクと波打つなだらかな腹をうっとりと見つめた洋司は、ブチュリと臍に口づけし、ネロネロと舌で窪みを穿った。

「くひぃぃんっ？　そ、そんなところ、舐めないでぇっ」

「やらしい穴を丸出しにした衣装で、腰をくねらせて踊りまくって……。スケベな臍を見せつけて、牡を誘って興奮してたのか？」

湧きあがるくすぐったさ混じりの快感に、園美は腹肉を波打たせて身悶える。

洋司は執拗に舌先で臍穴をくじり回し、ステージで披露したのとはまるで異なる無様な腹踊りを園美に強要する。

「んっんっ、くふぅんっ。ち、ちがうのよ。お腹を出した衣装は、腰使いをしっかりと見せるためで……。おへそを見ていやらしい気分になるなんて、きっと洋司さんだけよ、くふあぁっ」

「わかってないな。園美のムチムチのボディは、乳や尻だけじゃない、腋や臍の窪みも、すべてが性器みたいなものなんだぞ。今日は改めて、しっかり俺のモノだって印を刻んでやる。誰の視線を浴びても、俺の穴だってことを忘れるなよ」

洋司は右腕で園美の腰をしっかりと抱え、スカートのスリットから潜りこませていた左手で恥丘を覆う薄布を撫でる。

鋭敏な臍をねぶられるくすぐったさと性器への刺激で生じる快感が混ざり合い、

園美はヒクヒクと脇腹を震わせ、倒錯の快楽に悶え鳴く。

「んひっ、くひひんっ。おへそといっしょに、ンッンッ、オマ×コもイジらないでぇっ。わたし、もう、立っていられないっ。んふあぁぁ〜っ！」

とうとう園美は情けない悲鳴をあげ、ムッチリした美脚をブルブルッと震わせる。

秘唇からはプシャッと愛蜜がしぶき、ズルズルと床にへたりこんでしまった。

洋司は園美の腹部から唇を離し、指に付着した汁をベロリと舐める。

「へへっ。臍でイッちゃったみたいだな。もう随分とセックスしてないんだ。身体が敏感になってるんだろ。でも、それは俺も同じなんだぜ」

いまだくすぐったさの余韻にすべらかな腹をヒクヒクと震わせてうずくまる園美に、洋司はグイと股間を突きつける。

反り返った怒張は猛々しく天を突き、今にも破裂しそうに膨れあがりムンムンと濃密な牡臭を撒き散らしていた。

あまりの迫力にあてられ、園美はしっとりと瞳を濡らしコクリと唾を呑む。

「アァ……。オチ×ポ、苦しそうに膨らんで、ビクビクして……」

「園美のステージを見てから、勃起しっぱなしなんだ。トイレに駆けこんで自分でヌイちまおうかと、いったい何度思ったか……。夜まで待てっていうから我慢してたのに、一人だけ先にイクのはズルイんじゃないか？」

亀頭の先端では尿道口がパクパクと開閉し、ひっきりなしに先走りが垂れこぼれる。

乱暴な口調とは裏腹に、まるで早く慰めてほしいと涙を流しているようで、深い慈愛に満ちた美熟女の胸は庇護欲を刺激されキュンと震える。

園美はのそのそと膝立ちで洋司に近寄り、股間に顔を寄せる。

「わたしの踊りで、こんなにも大きくなってしまったなんて。はずかしいけど、うれしい……。待たせて、ごめんなさいね。どうかわたしに、洋司さんのオチ×ポを慰めさせて……ご奉仕させてちょうだい」

園美はトップスを外さぬまま両手でたわわな乳房を下からムニュッと掬うと、亀頭の先端を谷間にあてがう。

そのまま両手をゆっくり下ろせば、肉棒は柔肉の狭間にヌプヌプと呑みこまれていった。

「くあぁ～っ。熱く火照ったトロ乳に、チ×ポを包まれてくっ。前は大きさを恥ずかしがってたデカパイで、自分からパイズリしてくれるなんてな」

「ンアァ……オチ×ポの熱が、お乳に伝わっているわ……。今も、はずかしいのよ。でも、洋司さんがよろこんでくれるなら、ご奉仕したいの。あなたが教えてくれたパイズリ、してみるわ。ヘタでも、笑わないでね」

乳房の脇に両手を添え、ギュッと内側に押しこむ。

極上の柔乳はいともたやすくムニュリとひしゃげ、長大な肉棒にムニムニとまとわりつき、全体をスッポリと包みこんだ。

時には同時に、次は交互に両手を動かし、園美は熱く火照った乳肌を肉幹へ懸命に擦りつける。

「おほっ。チ×ポがアツアツのパイ肉に揉みたくられてる。最高に気持ちいいぞ。なるほど、ブラをしたまま谷間でチ×ポを包むとは考えたな。デカパイとセックスしてるみたいだぜ」

「ンッ、ンッ……。オッパイとセックスだなんて、いやらしい言い方をしないで。ンハァ、でも……硬いオチ×ポがゾリゾリこすれると、お乳がジンジンと熱くうずくわ……。久しぶりの、逞しい男の人のニオイ……クラクラしちゃうの」

灼熱の怒張が放つ淫熱にジクジクと柔乳を炙られ、立ち昇る濃密な肉臭に鼻腔を埋め尽くされて、淫靡な踊り子の美貌はどんどん淫らに緩む。

以前に何度かパイズリを教えたが、園美は乳房から湧きあがる快感に痺れてすぐに両手を動かせなくなり、最後まで続かなかった。

しかしトップスを外さずに谷間へ差しこめば、仮に手を離しても肉棒は柔肉にたっぷりと包まれたままだ。

たわわな豊乳を誇り献身的な精神を宿す園美ならではの、男をより愉しませる奉仕の知恵に、洋司は感心する。

ならばと自分からも小刻みに腰を動かし、乳肌をヌプッヌプッと犯してトロ肉に快楽を送りこんでやる。

「アンッアンッ。動いちゃだめぇ。わたしがご奉仕したいのに……。お乳が、アツイ……カウパーで、ネチョネチョになって……ハアァン」

「乳マ×コを犯されて、腰がくねってるぞ。スケベなダンサーだ。ほら、チ×ポの滑りがよくなるように、もっと谷間をヌルヌルにしてくれよ」

洋司に促され、園美はもごもごと口内を蠢かせて唾液を作りだし、乳房の谷間から顔を出した亀頭へタラリと垂らす。

淫猥な踊り子と揶揄されても、洋司の視線を独り占めできるならかまわない。

カウパーと唾液が混ざり合うぬめる潤滑油にまみれた乳肌で、園美は湧きあがる快感に耐え、愛しい肉棒を何度も撫であげる。

下から上へと全身を伸びあがらせ、豊満な肉体をダイナミックに駆使して最高の乳ズリ快楽を洋司へ送り届ける。

「ンハアァッ、アハァンッ。わたしのお乳、キモチいいかしら？　乳マ×コなんて呼ばれて……どんどんいやらしくなっているのね。あなたにたくさん、揉まれて、吸われて……ハァン。前より大きくやわらかく、変えられてしまったわ」

「ああ、たまらないぜ。ヌルヌルの谷間は、濡れやすい園美のマ×コのなかとそっくりだ。俺好みのスケベ乳に育ってくれて嬉しいよ。くおぉっ、そろそろザーメンがあがってきたっ。出すぞ、園美っ。どこにほしいんだ？」

何日も射精を堪えてきた肉棒へ極上の快感をひっきりなしに送りこまれ、ぞわぞわっとたまらない射精衝動が背筋を駆けあがる。

真っ赤に充血した亀頭を突きつけて尋ねれば、園美はうっとりと目を閉じ舌をテロンと悩ましく垂らして、濃厚な愛の証をねだる。

「アァッ、か、顔にかけてほしいの……。わたしも、洋司さんのアツイお汁にまみれたい。あなたの熱で、包みこんでほしいっ。園美を、染めあげてぇっ」

薄々感づいてはいたが、わたしも、という呟きで洋司は確信する。

園美は、由利との交わりを覗いていたのだ。

あの日以降、接触を避けていたのもこれで納得がいく。

しかし嬉しいのは、失意のまま洋司を拒絶するのではなく、ベリーダンスに没頭し己を磨きあげることで再び熱視線を取り戻そうとした情熱だった。

ならば、洋司も園美に応え、伝えねばなるまい。

由利というスタイル抜群の美女とのまぐわいを経てもなお、どれだけ目の前の美熟女に己が心を奪われているのかを。

洋司はガッと園美の乳房を衣装の上からわしづかみ、グニグニと揉みしだきながら上下に激しく揺さぶる。

弾む乳肉の谷間で熱く肉幹を擦りたて、爆発寸前の射精欲求を限界まで引きあげる。

「いいぜ、望みを叶えてやるっ。おまえは俺の女だ、園美っ！」

怒号と共に噴きあがる、灼熱の白濁。

背徳の愛に溺れる美しき踊り子の美貌へ、ドビュドビュゥッと勢いよく牡の劣情が迸り、ドロドロに呑みこんだ。

「んぷあぁっ、アハアァァーンッ！　アツイわっ、洋司さんのザーメンッ。顔がとけるぅ、ぷふあぁ、塗りつぶされるぅ。でも、うれしいのっ。もっと汚してぇ、ハアァン、グチョグチョに染め抜いてぇ～っ！」

ビチャビチャと美肌を叩き、次々にベチョベチョへばりつく濃厚な汚濁。

園美は避けもせずに正面から受け止め、喜悦の喘ぎを漏らして愛しい男に染めあげられる悦びに酔いしれる。

左手は衣装の上からはっきりわかるほど浮きあがった勃起乳首をクリクリと摘みあげ、右手はスカートのスリットに忍ばせて下着の上から陰核を捻る。

「ンハアァッ、イクッ、イクわっ。見ていてちょうだい、洋司さん。わたし、ぷはぁ、あなたのザーメンにまみれてイクわっ。あなたの愛に溺れてイクのおぉ～っ!!」

牡の劣情にまみれるだけでは飽き足らず、溜めこんだ悦楽が渦巻く熟れ肉を自ら慰め、牝鳴きをあげ絶頂に呑まれる淫らな愛の踊り子。

ブルブルと快楽に波打つ蕩けた乳肉の感触を肉棒で存分に味わい、洋司はあでやかに開花した美熟女を満足げに見つめ、滾る想いを浴びせつづけた。

何日にもわたりグツグツと煮詰めた特濃精液をすべてぶちまけると、満足げに深い息を吐き、乳房の谷間からズルズルと肉棒を引き抜く。

普段の倍以上の射精量に美貌を覆い尽くされた園美は、汚辱のねばつきとむせる精臭に脳までふやかされ、舌を垂らしたまま呆然とへたりこんでいる。

洋司は黙って、自らが染めあげた美熟女を見つめる。

すると園美は愛蜜の滴る秘唇へ指を差し入れクチュクチュ掻き回しながら、へばりついて糸を引く白濁を自らヌチュヌチュと顔に塗りこみはじめた。

「清楚だった園美も、ぶっかけるだけでイクほど、すっかり俺のザーメンがお気に入りになったたな。ただでさえ二週間も溜めこんでたのに、セクシーなベリーダンスを見せつけられて、ドロッドロに煮詰まってるだろ。どうだ?」

「アハァ〜……。ステキよ、洋司さん。あなたの熱い気持ちが、絡みついて、染みこんで……。わたし、んぷあぁ、もうあなたしか見えない……。あなたのためだけに淫らに踊る、ダメな女になってしまったの……チュルルッ」

舌に降り積もった白濁をはしたない音を立ててジュルジュルと呑みこみ、うっとりと吐息を漏らす。

それでも飽き足らず、再び舌をレロォ〜ッと垂らしてさらなる寵愛をねだる、愛される悦びを知り貪欲に牡を求めだした美熟女。

射精を終えて尽きるどころかますます滾る興奮に、洋司はブルルッと腰を震わせる。

手のひらに付着した白濁までペチョペチョと舐める園美をグイと引き寄せ、なおも漲る肉棒を押しつけて残滓にまみれた美貌を竿でグチャグチャと撫で回す。

「嬉しいことを言ってくれるな。顔もデカパイも衣装まで、完全に俺のザーメンまみれだ……。園美はもう、俺専属のセクシーダンサーだぞ。なら、次は主人のためにどんなふうに踊ってくれるんだ？」

洋司が尋ねると、園美はドロドロの頬を自ら肉棒に擦りつけて甘え、淫らに照り光る肉感的な唇を亀頭へチュッと愛おしそうに重ねる。

「ンハァ、次は……洋司さんの上で踊らせて。ダンスのために身につけた腰使いを、男の人に跨って披露する、淫らなわたしを見てほしいの……。わたしが踊るのは、あなたを悦ばせるためだけよ。そう、決めたんだから……」

淫らな舞いを披露する許しを乞い情熱的な視線を向ける美熟女に、洋司は深く頷いてやるのだった。

園美はスカートをいそいそと下ろしパンティーを脱ぎ捨て、トップスを捲りあげてプルンとたわわなナマ乳をさらけだす。

洋司は両手を頭の後ろで組みニヤニヤと笑みを浮かべてベッドに寝そべり、美熟女の奉仕を待ちわびる。

おずおずと洋司の腰に跨り、扇情的な踊り子は自ら指でクニィと秘唇をくつろげる。垂直にそそりたつ怒張の先端へ、愛蜜滴る膣口をそっと近づけ、ゆっくりと腰を下ろす。

ズブズブッと蜜壺が肉棒を呑みこんだ瞬間、しばらく牡肉を味わっていなかった媚肉がカァッと燃えあがり、園美はグイィッと大きく背中を仰け反らせた。

「ンァァ……ンハァァァーッ！　洋司さんのオチ×ポ……また、わたしのなかに入ってきてくれたわ……」

園美はブルルンッと大きく乳房を弾ませ、歓喜にピクピクと肢体を震わせて、感極まった声でうっとりと呟く。

洋司は自分からは動かず、結合の快楽に酔いしれる園美を愉しげに見上げる。

「咥えこんだだけでイッちゃったのか。すっかりスケべな熟れマ×コになったな。デカパイを揺らして仰け反る姿も最高にセクシーだぜ。ベリーダンスのおかげでだいぶ身体も柔らかくなったみたいだな」

濡れそぼる媚粘膜が肉幹へ淫猥にまとわりつく感触をじっくりと味わい、身悶える美熟女を卑猥にからかう。

園美は仰け反った上半身をなんとか戻し、洋司の広い胸板に両手を置く。騎乗位の体勢でふうと息を吐き、一瞬にして昇りつめた心と身体をなんとか落ち着ける。

淫らなからかいも、自分の肉体に興奮してくれているからと思えば、嬉しくてたまらない。

じっとしていても、深く埋まりこんだ肉棒が膣奥をズーンと刺激するばかり。

園美はしっとりと濡れた瞳で洋司を見つめ、のの字を描いて腰を回す。

身体が悦楽に痺れて動かなくなる前にと、肉棒へ懸命に快楽を送りこむ。

「ハァン……。よろこんでもらえて、うれしい……。あなたのためにいやらしくなった身体を、存分に味わってちょうだい。オチ×ポ、感じてほしいの……」

濡れそぼる媚肉に剛直が擦れるたび、園美は甘い喘ぎをあげて腰砕けになり動きを止める。

それでも痙攣が止まると再び腰をくねらせ、悩ましく表情を蕩けさせて膣奉仕に没頭する。

「アンッ、アンッ……ンハアァッ？　……ハァ、ハァ。だ、だめよ。動かなくちゃ……。オマ×コで……ンッ、ンッ……。洋司さんにご奉仕、するの……」

「しばらくセックスしてないんだ。マ×コが疼いてるだろうに、俺を気持ちよくさせるのを優先するなんてな。本当にイイ女だよ。ほら、手伝ってやる」

洋司は下から両手を伸ばし、豊乳をムニュリと揉みしだく。

湧きあがる快感に園美は再び仰け反って身悶え、腰の動きが止まる。

「ンハァァンッ。だ、だめ、イタズラしないで。力が抜けちゃう……。もっと、洋司さんをキモチよくさせたいの。あの子に、負けたくないのよ……」

由利が激しい腰使いで洋司を昇天させた姿が、目に焼きついているのだろう。微笑ましい対抗心を燃やし、園美は甘い快楽の痺れに耐え、ベリーダンスで培った腰使いで膣に咥えこんだ肉棒を再びヌチュヌチュと蕩けさせる。

「うはぁ～っ。男好きするムチムチのボディに、ハメただけでチ×ポをふやけさせる極上のトロマン。さらにベリーダンスでスケベな腰使いまで覚えた、最高の女が俺のモノだなんてな。くう～、たまらないぜっ」

じっくりと仕込んで極上の熟牝に開花した園美の艶姿に、洋司は満足げに目を細め、もたらされる快楽に酔いしれる。

やがて胸に湧きあがる熱い情動にじっとしていられなくなり、腰のくびれを両手でがっちり掴み、下からズンズンと蜜壺を肉棒で突きあげる。

「アンアンッ、アハァンッ。だめぇっ、腰がとまっちゃうっ。逞しいオチ×ポにズボズボされて、アッアッ、オマ×コが燃えちゃう、ご奉仕できないのぉっ」

「奉仕されるのもいいが、やっぱり俺は、悶える園美を見たいんだよ。ステージで披露した腰振りで、あの場の男すべてがこの極上ボディとセックスするのを想像したはずだぜ。でも実際に好きに抱けるのは、俺だけだ。そらっそらっ！」

ネットリとまとわりつく無数の膣襞を、亀頭のカリがゾリゾリとこそぐ。膣壁の最も敏感なスポットを剛直がゴリッとなぞりあげた瞬間、園美はビクビクッと全身を大きく震わせ、絶頂のいななきをあげる。

「ンヒアァーッ、イクッ、イクゥゥーッ!!」

ブルルンッと豊乳を波打たせ、大きく目を見開き天井を呆然と見上げ、膣から脳天へと貫く鮮烈な快感に悶絶する美熟女。

やがて糸が切れたようにへたりと倒れこみ、しっとりと汗ばんだ柔肉で下になった洋司をムニュッと押しつぶした。

「へへっ。相変わらずイキやすい敏感マ×コだ。ピクピク震えてるのがチ×ポに伝わるぞ。ジュクジュクに蜜を溢れさせて、気持ちよかったか？」

「んふぁぁ……。どれだけダンスに打ちこんでも、洋司さんの逞しさにはかなわないのね……。でも、あなたがよろこんでくれたなら……」

園美は絶頂の余韻にトロンと瞳を潤ませ、顔を寄せてくる。

洋司は美熟女の豊満な肢体を下からムギュッと抱きすくめ、繋がったまま媚肉のわななきを愉しみ、ムチュムチュと肉厚の唇を貪った。

一度弛緩した身体はもはや力が入らないのか、園美は洋司に折り重なったまま腰をあげられない。

これ以上の奉仕を断念し、切なげに瞳を向けて懇願する。

「ねえ、洋司さん……おねがいがあるの」

「どうした。もっとイカせてほしいのか？　それともマ×コでナカ出しザーメンを呑みたいか？」

ニマニマと笑みを浮かべ、卑猥に望みを尋ねる。

だが、園美の願いは、自分が快楽を得ることではなかった。

「いいえ……。どうか、今日は思いきりわたしの身体を味わってほしいの。壊れてもかまわないわ……。あなたのすべてを叩きつけて。わたしの身も心も、洋司さんに征服してほしい……。あなたの、女になりたいの……」

肉棒を咥えこんだ蜜壺が、キュムムッとねだるようにすぼまる。

由利の鍛えられたしなやかな肢体へ叩きつけた以上の滾る劣情を、遠慮なく思いきりぶつけ、貪り尽くしてほしい。

園美の願いに、洋司の胸がカァッと狂おしく燃えあがる。

「……いいんだな。もう俺は、おまえを絵美の母親としては扱わないぜ。一匹の牝として、骨の髄までしゃぶり尽くしてやる。覚悟はできてるか」

押し殺した声で確かめる洋司に、ゾクリと背筋が震える。

部屋を訪ねた時から、覚悟は決めていた。

園美は母であることを捨て、湧きあがる己の欲望に従い、愛しい男を求める。

「ええ……。わたしはもう、絵美の母じゃない。園美は、洋司さんの……牝よ」

想いのこもった美熟女の囁きに、洋司はもはや抑えが利かなくなる。

繋がったまま力強く園美を抱きあげ、のしのしと歩いて窓際へ移動した。

一旦肉棒を引き抜くと、園美に両手をついて窓へ向かい合わせる。

いくら高層ホテルの上階とはいえ、生肌を晒して窓際へ立つ羞恥に、園美はブルルッと肢体を震わせ逃れようとする。

「あぁっ、いやっ！　み、見られてしまうわっ」

「逃げるなっ。園美は今日から、俺の牝だ。そいつをこれからお披露目するぞっ。そらぁっ！」

洋司はバックから両腕で園美の腰を抱きかかえ、思いきり腰を突きだす。

ズブリッと怒張が蜜壺に突き刺さり、勢いに押された園美は冬の外気でヒンヤリとした窓へ頬を押しつけて密着する。

たわわな乳房がムニュリとひしゃげ、つぶれた淫らな楕円を描いた。

「ンアヒイィーッ⁉　オチ×ポ、ふかいぃっ！　肌を晒しただけでなく、見られるかもしれない場所でセックスだなんてぇっ」

「発表会で園美のステージに魅了されて、手を出そうとするオヤジもいるかもしれないからな。おまえが俺の牝だって見せつけてやるんだよ。そらっそらっ！」

独占欲を全開にし、肉尻へ激しく腰を打ちつける洋司。

ズパンッズパンッと乾いた音が響いて尻たぶが揺れ、ムチムチと肉付きのいい肢体がブルブルと淫猥に波打つ。

若さ溢れる容赦ない突きこみに、園美は力の入らぬ身体で必死に窓へすがりつき、瞳を濡らし舌を垂らしてアンアンと淫らに喘ぎ鳴く。

「へへっ。窓に気持ちよさそうな顔が反射して映ってるぜ。ガツガツ突かれまくって、そんなにうれしいのか。すっかりムチムチボディに似合うドスケベ女になったな。たまらないぜ、もっと突いてやるっ！」

「アヒアヒッ、ンハアァーッ。アァ、本当だわ。乱暴に、犯されるみたいに後ろから突かれているのに、わたしったらなんていやらしい顔をしているの。こんな顔、娘には見せられない……。わたしは牝よ、洋司さんの牝なのぉ〜っ！」

己が快楽に溺れた淫らな牝だと否応なしに自覚させられ、園美は湧きあがる背徳の興奮にブルブルッと大きく背筋を震わせる。

蜜壺はキュムムッと収縮し、乱暴な抽送を繰り返す怒張を拒むどころか嬉しそうに蕩けた媚肉で包みこむ。

膣奥からは愛蜜が溢れて止まらず、蜜壺をジュクジュクと潤わせる。媚粘膜はひっきりなしに肉幹へネチョネチョまとわりつき、さらなる凌辱をねだる。

「くはぁっ。熟したマ×コがチ×ポをむしゃぶりまくってるぞ。ひと目見た時から思ってたんだ。清楚な顔の下に、男に愛されたくてたまらない欲深な牝の本性を隠した女だとな。とうとう引きずりだして、俺だけのモノにしてやったぞっ」

「アンッアンッ、アハアァンッ。オマ×コがアツイわ、オチ×ポに吸いついてしまっているのがわかるのっ。わたし自身も知らなかった本性を、あなたにははじめから見抜かれていたのね。アッアッ、セックス、たまらないわぁっ」

どれだけ乱れ、恥を掻いても、洋司ならば受け止めてくれる。

園美は貞淑さをかなぐり捨て、だらしなく緩みきった肉感的な唇から淫らな喘ぎと淫猥な言葉を撒き散らす。

肉尻を後ろへグッと突きだしてより深く抽送を受け止め、乳房を揺らし腰をくねらせて窓の外へ痴態を披露する。

「その気になってきたな。スケベな腰使い、たまらなくセクシーだぜ。そらそら、セックスに溺れて淫らに踊る姿を窓の外へもっと見せつけてやれっ」

「ハァ〜ン、腰が止まらないわ、いやらしくくねってしまうの。ベリーダンスを始めたのは、いつか愛しい旦那さまにご奉仕するためだったのね。見てぇっ。わたしは洋司さんのオンナよ。あなたのために舞い踊るのぉっ」

乱暴な突きこみにもすっかり順応し、園美はリズミカルに腰を振り洋司と一体になって絶頂への階段を上る。

溢れる愛蜜でぬめりきった蜜壺が、肉棒を根元から揉み搾り全体をしゃぶりたてる。狂おしい射精衝動がグングンと引きあげられる。

洋司はググッと前に出て、窓と己の体で園美の豊満な肉体を挟み、ムギュゥッと押しつぶす。

圧迫感に呻きを漏らす美熟女の膣奥を、ひたすらズコズコと突きあげる。

「ンオォォ、つぶれちゃうぅ。窓が冷たいぃ、でも洋司さんの体はアツイのぉ」

「娘の亭主に惚れたと認めたな？　悪いオンナだ。やはり他のヤツが手を出す前に俺のモノにしてよかったぜ。くあぁー、そろそろ出すぞっ。二度と俺以外を受け入れないよう、マ×コと子宮をザーメン漬けにしてアクメを刻んでやるっ！」

娘婿からの膣内射精予告と所有宣言。

あまりの背徳感に背筋がブルブルと震え、脳がクラクラ揺さぶられる。

脳裏に浮かぶ、愛しい娘の顔。

だが次の瞬間には、愛に飢えた貪欲な熟牝の頭は牡を求める狂おしい情動で埋め尽くされた。

「ンハアァッ、出してぇ、射精してぇっ。洋司さんのザーメンを注いでぇ、あなたのモノだという証を、わたしに深く刻みこんでぇ〜っ！　アッアッ、イクッ、イクわぁっ。洋司さんといっしょに、昇りつめるのぉ〜っ!!」

洋司の宣告を嬉々として受け入れ、園美はキュムキュムッとひときわ淫らに媚肉を蠕動させ、子種をねだって肉棒を搾りあげる。

膨れあがる圧倒的な快感と射精衝動。

洋司は思いきり腰を突きあげ、子宮口をグリグリとこじ開けて亀頭をグッポリと埋めこむ。

完全に逃れるすべを失った園美の子宮へ、迸る精を容赦なくビュクビュクッと注ぎこんだ。

「アヒイィッ、ハヒイイィ～ンッ⁉　出てるわぁっ、洋司さんのザーメンッ。オマ×コに、アァッ、子宮にまでドピュドピュッて注ぎこまれているのぉ～っ！　イクイクッ、洋司さんとのセックス、見せつけてイクウゥ～ッ‼」

誰に見られているか知れぬ窓際で愛しい男に抱かれ、身も心も染めあげられる、目もくらむほどの幸福感。

扇情的な衣装をまとい観客の視線を一身に浴びて舞い踊る以上の興奮に呑まれ、園美は耳も蕩ける淫らな嬌声を室内に響き渡らせる。

四十を超えて女の悦びに目覚めた肉体は、枯れたなどと見え透いた言い訳は決してできぬほど、ジクジクと熱く燃えあがっている。

こんな状態で子宮に子種を注がれれば、どうなるか。

絶頂感と共にゾクゾクと湧きあがる背徳感で、豊満な肉体はガクガクと痙攣がとまらない。

「アハアァッ、絵美、ごめんなさいぃ。わたしはもう、あなたの母親じゃないの、洋司さんの牝なのぉっ。イクゥッ、またイクわぁっ。洋司さんのアツイお汁を、注がれてイクゥッ！　ドロドロに染めあげられて、しあわせなのぉ～っ！」

禁忌の未来への予感に、しどけなく開いた肉厚の悩ましい唇から愛娘への懺悔が漏れる。

それでもぬめる蜜壺はドビュッドビュッと放出を繰り返す肉棒をさらにキュムキュム揉み搾り、もっともっとと射精をねだりつづけたのだった。


洋司は園美に背後からしがみつき、滾る濃厚な子種を一滴残らず貪欲な蜜壺に注ぎこんだ。

鮮烈な絶頂の連続による激しい痙攣に加え、ここしばらくのレッスンによる疲労や発表会での緊張もまとめて襲ってきたのだろう。

深い肉杭の支えをもってしても立っていられなくなり、園美は押しつけた乳房で窓の表面をズリズリと撫で、へなへなとへたりこむ。

踊り疲れた美熟女の柔肌は汗ばんでしっとりと潤み、ムワムワと牝のフェロモンを醸して周囲の空気を淫らに染める。

洋司は満足感に浸り、心まで完全に自分の物となった熟牝のムッチリとした肉体をムギュッと背中から愛おしげに抱きすくめた。

多量の愛蜜と注ぎこんだ濃厚な精液でヌルヌルになった蜜壺の感触を、甘い痺れが残る肉棒でじっくりと堪能する。

ほつれた黒髪を丁寧に撫で、露わになったうなじのほくろにムチュウゥッと熱く吸いつき、ジュパジュパと吸いたてる。

「知ってたかい？　ここに、色っぽいほくろがあるんだぜ。あの日、喪服の後ろ姿を見て気づいたんだ。思ったよ。園美の魅力に誰かが気づく前に、俺のモノにしなくちゃってな」

「ハァン……。知らなかったわ。ほくろだけじゃなくて、わたしは自分のことを、なにもわかっていなかったの……。こんなにもいやらしくて、幸せそうな顔をする女だったんだと、気づかせてくれたのはあなたよ。洋司さん……」

窓に映る女の顔は、恥ずかしくなるほどだらしなく緩み、それでいてなんとも幸福そうで。

園美は己の新たな一面にようやく正面から向き合い、うっとりと微笑む。

「いい笑顔だ。出会った頃は、寂しさを微笑みで隠しているようで、見ていられなかったからな。ずっと、そんな顔を見たかったんだ……。ほら、祝ってやろうぜ。ようやく悦びを見つけた、幸せな女をさ」

洋司に促され、園美は窓へと美貌を寄せる。

悩ましく蕩けた笑顔を羨ましげに見つめ、肉厚の唇をひしゃげるほどにムチュッ、ムチュッと何度も押しつけ、窓に映る自分を祝福する。

「んふあぁ……。おめでとう、園美。これからも、たくさんかわいがって、愛してもらうのよ。もっと悩ましく踊れるように練習して、由利よりも絵美よりも、洋司さんの視線を釘づけにできるように励みましょうね。……チュパッ」

潤んだ瞳で窓ガラスにいくつもキスマークを刻んでいると、冬の空にはらはらと小さな白い塊がちらつきはじめた。

二人はしばし繋がったまま手を握り合い、風に乗って愉しげに舞い踊る無数の雪の結晶をうっとりと見つめたのだった。

最終章　もっと、もっと
ずっとなぐさめて

年が明けると、絵美は母と共に、叔母が講師を務めるベリーダンス教室に通いはじめた。

普段の柔和な雰囲気とはまるで違った、ステージでセクシーに踊る園美の眩い魅力を放つ姿に、よほど感銘を受けたようだ。

洋司も週末になると妻と義母に付き合い、レッスンの様子を見学に訪れた。

子供っぽさが残る妻がベリーダンスを通して女の情熱を学び、少しずつ色香が芽吹いてゆく様を、夫として楽しげに見つめて笑みをこぼす。

だが、ときおり妻の目を盗み、ますます妖艶さを身につけた園美が腰をくねらせて踊る姿にネットリと卑猥な視線を絡みつかせる。

熱視線に気づいた園美は、周囲に気づかれぬようこっそりと、カクカクッと性交を想起させる淫猥な腰振りを洋司に見せつけ挑発する。

ぽってりとした唇をチロリと舐めて艶然と微笑む姿は、まさに洋司が理想と思い描く、愛と性に貪欲な熟牝そのもの。

洋司はズボンの下で股間を熱く滾らせ、娘に隠れて淫靡に娘婿を挑発する義母を今夜は啼泣するまでこらしめてやろうと決めるのだった。

冬が終わり、暖かくなってきた気候に春の訪れを感じる、三月の中頃。

来週には園美にとって二度目となる、ベリーダンスの発表会が控えている。

レッスン当日だけでなく家での自主練習にも力が入るなか、今宵は洋司に連れられて深夜に隣町の大きな公園へと訪れた。

絵美が眠りに落ちてからこっそりと出かけたため、時刻は零時を回っており、周囲には人の気配がなくひっそりと静まり返っている。

洋司は手頃なベンチを見つけるとどっかりと腰を下ろし、背もたれに背中をあずける。

屋外にもかかわらずズボンのチャックを大胆にも下げ、勃起した長大な肉棒をボロンと取りだした。

「よし、この辺でいいか。さあ、園美。発表会に向けて、特訓といこうぜ」

右手に握られたリードが伸びる先は、フード付きのロングコートに身を包んだ園美の首元にガッチリと填まった、赤い首輪。

「ハァン……。ほ、本当に、こんな場所でするのね……」

湧きあがる羞恥に逡巡する園美を急かし、洋司はクイクイとリードを引く。

美熟女がコートをハラリと脱ぎ捨てると、おぼろげな月明かりに照らされて現れたのは、真紅の扇情的な下着に包まれた豊満な裸体。

ブラジャーとパンティーは本来なら隠さねばならぬ中心部が丸くくり抜かれ、ぷっくりとせりだした乳輪とぽってり充血した恥丘が丸見えだ。

一方で革製の赤いロンググローブとロングブーツは肉付きの悩ましい両手両脚をピッチリと包み、熟れた牝の色香をムンと妖艶に引きたてている。

口元こそ薄いベールで覆い、かろうじて顔は隠れているものの、いつ誰に見咎められるかと園美は気が気でない。

「綺麗だぜ……。そうしてベールで顔を隠して月明かりの下に立っていると、なんだか幻想的だな。今までのことはぜんぶ夢で、目を覚ましたらいなくなっているんじゃないかと、怖くなるよ……」

淡い月光がセンチメンタルな気持ちを刺激したか、洋司は柄にもなくポツリと呟く。

キュンと胸を切なく刺激された園美は、ベンチへ膝立ちになって洋司の腰に跨り、両腕を首に絡めて瞳を覗きこむ。

「心配いらないわ。わたしは洋司さんの女だもの。ずっとそばにいるわ……」

穏やかな微笑を浮かべ、たわわな胸で洋司の頭をふにゅっと包みこむ園美。

頰に触れる極上の柔らかさに、しばし童心に帰り、乳肌に顔を埋めて母の温もりに浸る。

だが、すぐに慈愛を注がれるだけでは満足できなくなる。

「……そうだよな。園美が俺の前から、消えるはずがない。牝の悦びに目覚めたこの身体を慰めてやれるのは、俺だけなんだ。離れられるわけないよな」

ひと時だけさらけだした弱気な一面を打ち消すようにニヤリと笑い、洋司はふくよかな肢体へ手を伸ばす。

淫猥な下着にくびりだされた乳房を揉みしだき、尻たぶをわしづかむ。

緊張と夜の外気で冷えた雪白の肌が、力強い愛撫を受けて瞬く間にパァッと朱に染まってゆく。

「ンァッ、そんな言い方……。でも、あなたの言う通りよ。園美はもう、洋司さんから離れられないの。たとえ、どんないやらしい命令をされても、受け入れてしまうくらいに……」

卑猥な嘲りすらも、洋司の口からこぼれれば興奮を高める材料でしかない。母から牝の貌になった園美はゆっくりと腰を下ろし、垂直に屹立する怒張を濡れそぼる膣穴でヌブヌブッとたやすく呑みこんでいった。

「ンハァァァ〜ッ……。オチ×ポ、咥えこんでしまったわ。お外なのに、自分から……。アハァ、オマ×コがアツいわ。ナカからジンジンと温められて……アハアン……」

園美の腰が、ゆるゆると円を描いてくねりだす。

肌寒さをまぎらわせようと媚肉を怒張にヌチョヌチョと擦りつければ、淫らな熱がカァッと伝播し、膣内だけでなく全身が熱く火照りはじめた。

「だいぶセックスに慣れてきたみたいだな。前はハメただけであっという間にイッて、ふぬけてたってのに。ムチムチの肉感ボディにふさわしい、年相応のスケベな牝になってきたんじゃないか？」

洋司は自分からは動かず、淫猥な腰使いで送りこまれる快楽をじっくりと堪能し、性交にのめりこむ園美をニヤニヤと見つめてからかう。

「ンアァッ、ハアァンッ。そうよ。わたし、どんどんいやらしくなっているわ。いい年をして自分からオチ×ポをねだってしまう、はしたない女は嫌いかしら」

自らが淫らに染まりつつあるのを認めたうえで、瞳を潤ませて上目遣いに尋ねる園美。

清楚だった淑女が淫らな駆け引きを覚えて男を煽る様に、洋司は満足げにニッと笑みを浮かべる。

「へへっ。まさか。最高の女が、どんどん俺好みになっていくんだ。興奮がとまらないぜ。そら、まだ本気じゃないだろ。もっと俺を愉しませてくれよ」

ペチンペチンと尻たぶをぶって急かせば、園美は円を描くゆったりした腰の動きから大きなストロークの上下動に切り替える。

「アンッ。だめよ、おしりに手の痕がついたらステージで踊れなくなっちゃう。たくさんオマ×コご奉仕するから、ンッンッ、ンハァッ。イジメないでぇ」

目の前でたわわな豊乳をプルンプルンと悩ましく弾ませ、蜜壺で怒張をニュボッニュボッと甘やかに扱きたて、根元から揉み搾って快楽を送り届ける。

時も場所も忘れて淫らな膣奉仕に没頭する、淫猥な下着に身を包んだ美熟女。いつしか洋司を悦ばせるよりも自らが快楽を求める衝動が強くなり、甘ったるい鳴き声を漏らしてひたすら膝の上で腰をくねらせる。

憧れの義母が快楽に溺れた牝の貌を晒す姿は、洋司をなによりも興奮させた。だが、目の前で園美が夢中になるほどに、心を掻き乱してやりたいとの想いも湧きあがる。慈愛深き母に甘える悪戯小僧も、同じ心境だろうか。

性交に弾むしっとりと汗ばんだ乳房と尻たぶをネットリと撫で回し、黒髪から覗く耳に口を寄せてそっと囁く。

「相変わらずジュクジュクと濡れまくりの極上マ×コだぜ、園美の穴は。絵美もあと十五年もすれば俺好みの母娘そっくりなマ×コになるかと思うと、今から楽しみだな」

突然娘を引き合いに出され、園美はビクンと肩を震わせる。

腰の動きが止まった義母を、耳たぶを食み乳房を揉みしだいて淫靡に煽る。

「どうした？　もっとチ×ポを蕩けさせてくれよ。マ×コの具合は少しずつ似てきたが、腰使いはまだ園美にはまるでかなわないからな。娘が満足させられなかったぶん、母親が処理するのが責任ってもんだろ」

「いやっ。今は絵美の名前を出さないでちょうだい。あっ。ま、まさか……」

園美の胸が、焦りでチリチリと疼く。

洋司はニヤニヤと頷いてやる。

「ああ。最近は時々、絵美と子作りしてるよ。ベリーダンスを始めたおかげで、ガキっぽかったあいつも少しずつ女になってきたってところだ。ようやく痛がらずにチ×ポを咥えこめるようになったし、もうすぐ孫の顔が見られるかもな」

洋司のからかいを、園美はギュッと両目を閉じて聞いていた。

母としては喜ばしいはずなのに、胸が締めつけられ、息が苦しい。

こんな不貞を続けていてはいけない。

すべてをなかったことにし、娘婿との関係を断ち切るなら、今しかない。

……だが、園美は尻をあげて結合を解くどころか、全身でキュッと洋司にすがりつく。

蜜壺は離れたくないとばかりに、キュムキュムッと肉棒を食い締めた。

「くおっ。さっきより締めつけがきつくなったぞ。娘に嫉妬してチ×ポにしがみつくとは、とんだ淫乱マ×コだな。かわいすぎるぜ、園美っ」

「アンアンッ。だ、だってっ。捨てられたくない、わたしにはあなたしかいないのっ。おねがいよ、洋司さん。どんないやらしい奉仕もするわ。破廉恥な衣装で淫らなダンスを踊って興奮させてみせるから、これからもかわいがってぇっ」

必死の懇願と共に、園美は肉尻を浮かせては落とし、蜜壷で肉棒をヌチュヌチュと扱きあげる。

若さではかなわぬも、娘にはない熟れた肉体と教えこまれた淫らなテクニックを駆使し、年下の男に媚びへつらい寵愛をねだる。

軽くからかうつもりが、思わぬ形で美熟女の心に激しい情愛の炎が灯ったようだ。

洋司は園美の口元を隠すベールを捲り、切ない喘ぎの漏れる肉厚の唇をムチュリと深く塞ぐ。

牡を求める腰振りのリズムに合わせて下から肉棒で突きあげ、不安に震える子宮へズーンズーンと快感を送りこみ、安堵させてやる。

「ははっ。ごめんごめん。心配しなくても、まだまだ絵美がかなうわけないさ。むしろ、何度も使いこんで俺好みに仕立ててやってるんだ。極上ボディも名器のマ×コも、手放すはずがないだろ。安心してセックスに溺れろ、園美っ！」

「アッアッ、アハアァーンッ！　カチカチに硬いオチ×ポが、奥までズンズン突いてるのぉっ。わたしのオマ×コで、興奮してくれているのね。うれしい、うれしいわっ。もっと使って、ムチュチュッ、好き放題に味わってぇっ」

口吸いに応えて熱烈に舌を絡ませ、蜜壺で肉棒を懸命に揉み搾る。

母の仮面を完全に捨て去った園美は、一人の女として愛娘に激しい嫉妬と対抗心を燃やし、淫らに尻を振りたてて懸命に洋司を求めた。

「いいぞ、最高にセクシーな腰使いだ。チ×ポをねだる必死な腰振りダンス、絵美には当分真似できそうにないな。来週の発表会も、俺だけを見つめて踊るんだぞ。屋外セックスにこれだけ夢中になれるんだから、心配ないと思うけどな」

すっかり洋司しか見えなくなり周囲の状況も忘れて性交に溺れる美熟女に、ニヤニヤと笑みを浮かべて囁きかける。

ハッと我に返り羞恥でカァッと美貌を赤く染める園美だが、それでも腰は止まらない。

痴態を覗かれるより、洋司が己の下を去っていく方が何倍も怖ろしい。

一回り以上も年下の男を魅了しつづけるべく、露出下着からくびり出たたわわな乳房を目の前で揺らし、蜜壺で怒張をむしゃぶり悦楽に酔わせる。

「アンッアンッ。誰かに見られているかもしれないのに、男の人に跨って腰を振るのをやめられないの。わたし、どんどん破廉恥な女に堕ちてゆくわ、ハアァンッ」

「マ×コのナカがますますドロドロに蕩けてきたぞ。見られるのがクセになってきたか？　清楚なふりして、本性は露出マゾとはな。このムッチリボディは俺だけのモノだと教えただろうがっ。おらっおらっ！」

　貞淑だった園美へ倒錯した性嗜好が芽生えた事実に興奮する一方、自分以外の視線に興奮を覚える姿が腹立たしく、乱暴に下からズンズンと突きあげる。

　激しい突きこみに園美は豊乳をブルルンッと弾ませ、ベリーダンスにより柔軟性を増した肢体をググッと大きく仰け反らせる。

「アヒイィーッ？　オチ×ポはげしいぃっ！　ち、ちがうの。あなた以外に肌を晒すなんて、怖くてたまらないわ。でも、洋司さんに愛されている姿を見られていると思うと、子宮が疼くの、身体が火照ってたまらないのよっ」

　首に絡めた両手へなんとか力を込め、快感にピクピクとわななく反り返った肢体を懸命に起こして、園美は再び洋司にすがりつく。

　詫びを込めて乳房の谷間に洋司の顔をムニュッと挟み、ロンググローブを填めた手で左右からムギュッと両乳を押しこみ蕩ける乳肉でムニムニと撫で回す。

乳肌が頰に吸いつく極上の心地よさに、洋司の憤りは甘く蕩かされる。

「おほっ。自慢のデカ乳で顔パイズリとは、随分と媚び上手になったな。たまらないぜ。なるほどな。俺とのセックスだから、見られて興奮するってか。それなら許してやるよ。たっぷり見せつけてやろうぜ、そらそらっ！」

許しを乞うのには成功したものの、結局はさらに苛烈にズコズコと膣奥へ怒張を突きたてられる。

園美は必死に洋司へしがみつき、熟れ誇る肉感ボディをプルプルと波打たせて喘ぎ悶える。

押しとどめられない甘ったるい喘ぎが、夜の公園に響き渡る。

「アンアンッ、アハァンッ。だめよ洋司さん、乱暴にズンズンしないでぇっ。見られたくなんてないのに、ハアァンッ、いやらしい声が漏れちゃう。もし誰かが近づいてきたら、はうぅっ……」

快楽に呑まれながらもゾクゾクと背筋に走る興奮は完全には消えず、園美は洋司の肩に顔を埋め、悶え顔を必死に隠そうとする。

洋司は突きこみを緩めぬまま、乱れた黒髪を優しく撫でて落ち着かせてやる。

「心配するな。俺が必ず守ってやるさ。今はセックスのことだけ考えろ。見られたくないんだろ。なら、人が寄ってくる前にスケベマ×コを使って俺をイカせてみろっ」

ズクズクと突きこみを続けて快楽を送りこみつつ、膣奉仕を促す。

痺れる快感が子宮から全身へ弾け、脳を掻き回す。

次第に、園美の耳には洋司の声しか届かなくなる。

なにがあっても守ると誓ってくれた愛しい男に、園美は熟れた肉体を駆使して全力で快楽を送り届け、射精へと導く。

「はい、はいぃっ！　イカせるわ、オチ×ポを。あなたにピッタリの形へ作り変えられたオマ×コで、ンッンッ、キモチよく射精させるのっ。いやらしい腰振りで、アンアンッ、ドピュドピュとザーメンを吐きだしてもらうのぉ～っ」

しっとりと潤んだ瞳には、もはや洋司しか映らない。

愛蜜にぬめる蜜壺で反りたつ肉棒を揉み搾り、グイングインと腰をダイナミックに揺すって懸命に扱きあげる。

背徳のシチュエーションと美熟女の献身的な膣奉仕に、洋司の射精欲求も限界まで引きあげられる。

「くあぁっ！　やっぱり園美は最高の女だぜ。出すぞっ、おまえが俺のモノだってことを、出歯亀どもにしっかり教えてやれっ！」

洋司は吼えると共に思いきり腰を突きあげ、子宮口に亀頭をグボッと捻じこみ、灼熱の白濁をブビュルルーッと膣奥へ解き放った。

「アヒイィイッ、イクゥッ、イクウゥゥーッ!! 洋司さんのザーメンでイクッ、ドクドク注ぎこまれてイクゥッ！ 園美は洋司さんのオンナよっ。子宮まで染めあげられて、イクウゥゥーンッ!!」

ビュルッ、ビュルルッと激しく何度も打ちこまれる精液に、媚肉がドロドロに染め抜かれる。

幾度も抱かれて牝へと目覚めた熟れた女肉は、膣内射精におののくどころか歓喜をもって迎え、さらなる放出をねだりヌチュヌチュと肉棒を揉み搾る。

「くおぉっ！ 亀頭に子宮口が吸いついてるぞっ。マ×コ全体でチ×ポをしゃぶりながら、ザーメンをグビグビ美味そうに呑みこんでやがる。娘の旦那にナカ出し食らってうれしいか、園美っ！」

「アッアッ、ンアァァーッ！ うれしいわっ、幸せよぉっ。わたしのオマ×コも子宮も、洋司さんだけのモノ。娘じゃなく、わたしにあなたのザーメンを注いでちょうだいっ。一滴残らず吐きだしてぇ、独り占めさせてぇ〜っ!!」

ビチャビチャと白濁がぶち当たるたび、カァッと狂おしく燃えあがる子宮壁。かつてないほど活発に蠢く子宮に、このまま若い精を浴びつづければどうなるかと、ゾクリと背徳の悪寒が走る。

だが園美は両手で首筋にしがみつくだけでなく、ロングブーツに包まれた両脚まで洋司の腰にギュッと絡ませて、離れたくないとすがりつき密着する。

切なげに眉根を寄せて絶頂しながら射精を膣穴で呑み干す愛欲に飢えた美熟女を、洋司は圧倒的な快感に浸り、満足げに眺める。

「随分と貪欲になったな。清楚な顔をして無理に自分を抑えこんでいるより、今の方がずっと魅力的だぜ。ますます惚れ直しちまうよ」

頼り甲斐のある大きな手が、再び黒髪を撫でる。

肉体だけでなく心まで甘く蕩かされ、園美は絶頂に痺れてすっかり弛緩した身体を洋司にあずけてしなだれかかり、ほうっと満ち足りた吐息を漏らした。

やがて射精が止まっても、蜜壺はなおも精液を求めてグニュグニュと蠕動し肉棒を悩ましく揉みたてていた。

「ンハアァ～……。まだヒクヒクと、オマ×コのいやらしい動きがとまらないわ。たくさんイカされ、愛してもらったのに……。わたしは本当に、欲深な女だったのね。娘の旦那さまを奪うだけでなく、独占したいだなんて……んむむぅん」

瞳を伏せて自嘲気味に呟く園美に、洋司は口元のベールを捲り再び唇を塞ぐ。

ムチュムチュと熱く貪り、口内へ流しこんだ唾液で罪悪感をドロドロに溶かし、舌を絡ませて愛欲の海に溺れさせる。

「いいんだよ、それで。園美は優しい女だからな。どこまでも俺好みに染まってくれて、うれしいよ……」

洋司の囁きに、園美は救われた心地がした。

皆に後ろ指を指されても、この人が求めてくれるなら……。

園美も自分から舌を絡め、絶頂の余韻にしばし陶然と酔いしれた。

「さて、そろそろ行くとするか。風邪でもひいたら、来週の発表会が台無しになっちまうからな」

洋司はペチペチと園美の尻たぶを平手で叩いて促す。

しかし園美は尻をあげようとはせず、なおも蜜壺でヌチュヌチュと肉棒を揉み搾りつづける。

「ハァン……。おねがい、洋司さん。もう少しだけ、このままでいさせて……」

園美は潤んだ瞳で上目遣いに見上げ、愛らしく懇願する。

これからは妹だけでなく、娘もまた洋司を巡る恋敵となる。

今しばらく、たしかな繋がりを刻んでいたかった。

「へへっ。すっかり甘え癖がついちまったな。かわいいぞ。なら、くっついて温めてやるか」

洋司は繋がったまま園美をベンチへ仰向けに寝かせ、上から覆いかぶさる。

外気で冷えた園美の身体を温もりが包み、心まで温かくなる。

密着状態での深い挿入と圧迫感に、たっぷりと子種を注がれた子宮がズーンと疼く。

「アハアァ……。もっと、ギュッってしてぇ……。あなたの温もりと匂いに、酔わせて、溺れさせてちょうだい……」

セクシーな真紅のロンググローブを嵌めた両手が洋司の背中をギュッと抱きしめ、ロングブーツに包まれたムッチリした美脚ががっちりと腰に絡みつく。

以前は絶頂のたびに腰砕けになっていた肉体も、日頃のダンスレッスンのたまものか、だいぶ体力がついたようだ。

まだまだ満足しきれないのか、ゆるゆると腰が悩ましく弧を描き、射精を終えたばかりの肉棒を再び奮いたたせる。

情愛に目覚めさせた牝は、想像以上の貪欲さを秘めていた。
少々圧倒されつつも、洋司は時も場所も忘れて飽くことなく園美の熟れ肉を味わい尽くすのだった。

（閉幕）

フランス書院文庫

奥《おく》までなぐさめて

著　者　鷹羽　真（たかは・しん）

発行所　株式会社フランス書院

東京都千代田区飯田橋３－３－１　〒102-0072

電話　03-5226-5744（営業）

03-5226-5741（編集）

URL　http://www.france.jp

印刷　誠宏印刷

製本　ナショナル製本

ISBN978-4-8296-4412-6 C0193